MEMÓRIAS DE UM CASAMENTO

FSC
www.fsc.org
MISTO
Papel produzido
a partir de
fontes responsáveis
FSC® C012418

A marca FSC® é a garantia de que a madeira utilizada na fabricação do papel deste livro provém de florestas que foram gerenciadas de maneira ambientalmente correta, socialmente justa e economicamente viável, além de outras fontes de origem controlada.

LOUIS BEGLEY

Memórias de um casamento

Tradução
Rubens Figueiredo

COMPANHIA DAS LETRAS

Grafia atualizada segundo o Acordo Ortográfico da Língua Portuguesa de 1990, que entrou em vigor no Brasil em 2009.

Título original
Memories of a Marriage

Capa
Michael J. Windsor

Fotos de capa
banco © Fotocrisis/ Shutterstock.com; casal © Lise Metzger/ Rise/ GettyImages; grama © Marta Nardini/ GettyImages

Preparação
Leny Cordeiro

Revisão
Luciane Gomide Varela
Ana Luiza Couto

Dados Internacionais de Catalogação na Publicação (CIP)
(Câmara Brasileira do Livro, SP, Brasil)

Begley, Louis
Memórias de um casamento / Louis Begley ; tradução Rubens Figueiredo. — 1ª ed. — São Paulo : Companhia das Letras, 2016.

Título original: Memories of a Marriage.
ISBN 978-85-359-2681-1

1. Ficção norte-americana I. Título.

16-00036 CDD-813

Índice para catálogo sistemático:
1. Ficção : Literatura norte-americana 813

[2016]

EDITORA SCHWARCZ S.A.
Rua Bandeira Paulista, 702, cj. 32
04532-002 — São Paulo — SP
Telefone: (11) 3707-3500
Fax: (11) 3707-3501
www.companhiadasletras.com.br
www.blogdacompanhia.com.br

Para Anka

All you need is love, love, love is all you need...

The Beatles

1.

Certa noite em maio de 2003, não muitos dias depois de George W. Bush ter feito a espantosa declaração de que a "missão" fora cumprida, fui ao New York State Theater assistir a uma apresentação do New York City Ballet. Esperava ver um programa completo com coreografias de Jerry Robbins, e de fato havia um programa assim previsto para mais tarde naquele mês. Infelizmente a data era inadequada para mim — eu havia aceitado o convite para jantar com um antigo colega de faculdade que se casara pouco antes — e tive de me contentar com um espetáculo que incluía a estreia oficial de *Guia para lugares estranhos*, mais uma das criações vazias de Peter Martins. A música de John Adams me deixou indiferente. Seria melhor, disse a mim mesmo, se Martins nos permitisse continuar a pensar nele como o magnífico bailarino que foi em seu apogeu e agradecer por seu trabalho na direção da companhia de balé, em vez de nos proporcionar repetidas ocasiões para deplorar sua coreografia. Incapaz de me concentrar nos movimentos, executados com brilhantismo pelo elenco, os quais me pareciam não levar a lugar nenhum, deixei meus pensamentos se voltarem para Jerome Robbins. Tinha sido nosso grande amigo, meu e de minha esposa Bella, e sempre nos convidava para os ensaios. Víamos como repetia inúmeras vezes, de modo incansável, cada segmento de um balé: repreendendo, corrigindo e elogiando, até que uma transformação misteriosa, muitas vezes imperceptível para mim e para Bella, indicava que a música e a dança haviam se fundido e correspondiam, afinal, à imagem que ele tinha. Jerry Robbins batia palmas, virava-se para seu assistente Victor e dizia: É isso, os garotos já pegaram o jeito, agora vamos comer um pouco. Jerry ficava com uma fome voraz após os ensaios. Íamos junto com ele e Victor para o Shun Lee, um restaurante chinês na rua 65 Oeste, onde Jerry, tão abstêmio na vida cotidiana, devorava um após outro os pratos cantoneses leves que eram seus prediletos. Ele morreu em 1998, quinze anos depois de George Balanchine, e assim baixou a cortina sobre uma grande era da história do balé que a obra dos dois havia marcado. Eu me sentia agradecido por ter presenciado boa parte daquela obra enquanto ambos estavam vivos, dançada por bailarinos que eles mesmos haviam formado. Será que a companhia para a qual eles haviam criado tantas obras-primas continuaria a apresentá-las em grande estilo? Assim esperava, pelo menos durante os anos de vida que me restavam.

No intervalo, tomei um uísque no bar e, como o tempo estava ameno, saí para o terraço ao ar livre. O chafariz no centro da praça ainda não tinha sido readaptado e programado para seguir os compassos de um ritmo tão complexo quanto o sapateado de Fred Astaire e igualmente difícil de decifrar, mas mesmo assim eu gostava dele e nunca me cansava de contemplá-lo. Eu estava enfeitiçado. Que maravilha, dizia para mim mesmo sem cessar, como estou contente — na verdade, como estou feliz — por ter voltado a morar nesta cidade! Durante boa parte da vida, eu temera admitir para mim ou para os outros que eu era feliz.

Fazê-lo, eu tinha certeza, era convidar os deuses a me atacar no ponto em que eu era mais vulnerável. Não me refiro à minha própria pessoa, mas a Bella e a nossa pequena Agnes. Infelizmente o castigo já havia sido aplicado em sua dose máxima, deixando-me diminuído, porém invulnerável. Tínhamos vivido entre Nova York e Paris, com estadas mais longas no exterior por causa dos familiares de Bella, que moravam todos lá. Pouco depois do início de uma de nossas temporadas em Nova York, Agnes morreu — instantaneamente — atingida pela queda de um galho de uma árvore no Central Park, que também feriu com gravidade a enfermeira que a levava para casa, depois de uma visita ao Children's Zoo. Nossa dor foi enorme. Incapaz de falar sobre a desgraça durante dois anos ou mais, sofremos em silêncio e, sem que fosse preciso discutir o assunto, concluímos que não teríamos outro filho; o lugar de Agnes não podia ser ocupado e não queríamos correr outro risco. Ficávamos afastados de Nova York o máximo possível, aprendendo a viver um para o outro e para o nosso trabalho. Quase nunca nos separávamos. Sou escritor e Bella também era; chamávamos de escritórios dois quartos contíguos de qualquer residência que ocupássemos, fosse na cidade de Nova York, fosse a casa numa encosta rochosa nos arredores de Sharon, em Connecticut, que eu herdara na década de 1950 de uma tia solteira, fosse o apartamento em Paris, perto do Panthéon.

Então, durante um inverno, que, por razões profissionais, estávamos passando em Nova York, Bella, que jamais se queixara de qualquer dor, que jamais se resfriava nem permitia que a mudança de fuso horário perturbasse seu sono e cuja digestão derrotava qualquer arte culinária, começou a sofrer de prolongadas corizas e de estranhas infecções ligeiras; manchas vermelhas lhe apareciam na pele. De brincadeira, ela dizia que se um de nós dois fosse dependente de drogas injetáveis e compartilhasse agulhas, ou se fôssemos para a cama com outras pessoas, ela pensaria que estava com aids. Mas em seu caso, disse Bella, apenas estava debilitada com o inverno interminável de Nova York. Achei que tinha razão. Pela primeira vez em nossa vida fomos para o sul em busca do sol, para Barbados, a única ilha atraente em que havia um lugar imediatamente disponível capaz de atender nossas exigências — o indispensável para o funcionamento de dois escritórios e bastante proximidade da praia — a um preço que não era exorbitante. A casa de praia em St. James se revelou um lugar perfeito. Trabalhávamos em nossas escrivaninhas pela manhã, começando bem cedo. Antes do almoço, relaxávamos por uma ou duas horas sob o sol e no acariciante mar do Caribe, que nos regalava com um interminável espetáculo de peixes nadando em velocidade junto ao recife de corais, e depois íamos para casa, para o almoço e para o cochilo após a refeição, nosso momento predileto para fazer amor. Em seguida, até a noite, trabalhávamos de novo. Depois de uma semana dessa vida paradisíaca, Bella me disse, quando estávamos deixando a mesa de almoço, que daquela vez teríamos de ficar sossegados durante nosso cochilo. Ela estava com dores no corpo todo e, assim lhe parecia, sobretudo na vagina. Ela percebera um sangramento estranho. Aquilo me aborrecia? Na mesma hora eu lhe disse que devíamos comprar passagens no próximo voo para Nova York, consultar nosso médico de família ou quem quer que ela julgasse conveniente. Bella recusou de forma categórica, insistiu que ficássemos na ilha até o fim das duas semanas restantes de nossas férias. Não havia motivo para sacrificar nem um momento sequer de nosso idílio. No entanto, pouco tempo depois de voltarmos à cidade, vimos que havia motivos de sobra. Os sintomas de Bella eram de leucemia linfoide aguda, que atacara sua medula e a estava destruindo de forma metódica e implacável. Tratamentos cada vez mais draconianos eram seguidos por talvez um mês de alívio. O ciclo se repetiu muitas vezes, deixando Bella devastada e exaurida, sem esperança de cura ou de qualquer alívio mais duradouro, segundo seu hematologista, senão por meio de um transplante de medula bem-sucedido. O único parente próximo de Bella, seu irmão mais velho, imediatamente se dispôs a ser o doador. A consanguinidade e a combinação quase perfeita de seus tipos sanguíneos reduziam consideravelmente o risco de rejeição. Depois de refletir sobre o protocolo que ela teria de seguir após o transplante e pesar os benefícios que poderia esperar, a respeito dos quais ela se mostrou obstinadamente cética, Bella resolveu que não se submeteria ao procedimento. Não acredito que este câncer vá deixar meu corpo e não acho que valha a pena ganhar mais uns poucos anos de vida, disse ela. Não vão ser anos bons. Tivemos uma vida tão maravilhosa juntos. Não vamos agora nos contentar com uma vida em que eu me veja limitada de maneira tão terrível. Nenhum de nós quer isso. Não há como esconder que concordei com ela. Graças aos opiáceos que tínhamos guardado, ela morreu em meus braços, em paz, em torno de seis meses depois. E o que se pode dizer a meu respeito? Vivo atormentado, mas ainda tenho meu trabalho. Faço-o de maneira consciente e comedida, pelo prazer que ele me dá, sem esperar outra recompensa. E tenho minhas memórias. O Virgílio de Dante estava errado ao lhe dizer que não havia dor maior do que recordar os tempos felizes quando se está em desgraça. A memória é um consolo. Talvez o único que existe. A memória é também a melhor das companhias.

Meu devaneio foi interrompido por uma voz que eu conhecia, embora eu não a identificasse de imediato, e que chamava meu nome: Philip! Virei-me e vi uma senhora alta e magra, à beira dos setenta anos, ou talvez já com setenta e poucos, com uma ótima aparência, num vestido preto que atribuí a Armani e de sapatilhas pretas. Trazia uma bolsa preta pendurada no ombro por uma correntinha dourada. Pisquei os olhos quando me dei conta de quem era. Muitos anos tinham passado desde que a vira pela última vez. Quantos, não consegui calcular de imediato. Mas, sim, sem dúvida, era ela mesma.

Meu Deus, continuou a senhora, o que há com você, não me conhece mais? Eu o reconheci no ato, mesmo de costas. Seu cabelo ficou todo branco, continua curto demais, e suas orelhas continuam saltadas. Não tinha ideia de que eu havia mudado tanto assim. Pelo amor de Deus, sou Lucy Snow. Lucy De Bourgh Snow.

Cedendo à irritação porque a voz dela soara muito mais alta que o necessário, reagi usando a resposta-padrão de Hubert H. Humphrey para estranhos que se apresentavam enquanto apertavam sua mão: É claro que é você, e estou contente em vê-la.

Puxa, espero que sim!

Isso foi dito de forma um tanto severa.

O que está fazendo por aqui?, prosseguiu. Achei que tinha desistido de Nova York.

Nem de longe, respondi. Fiquei fora muito tempo, mas nunca deixei de ser um nova-iorquino. Desta vez vim para ficar.

Que boa notícia, disse ela. Vamos retomar nosso contato.

Numa sequência rápida, ela me informou que morava na cidade, mas que, como ainda possuía uma casa em Little Compton, podia ficar com um pé em Rhode Island; que seu pai e sua mãe tinham morrido, bem como sua cunhada Edie; que seu irmão John não tinha casado de novo, morava no casarão em Bristol e levava ainda mais a sério do que os pais a importância da casa na história do estado; e que havia muitas informações para pôr em dia. Então ouvimos o sinal para voltar a nossos lugares no teatro. Quando nos separamos — ela estava no balcão e eu, na plateia —, Lucy avisou que ia me procurar no intervalo seguinte.

Fiz um esforço sincero para prestar atenção ao que se passava no palco — um balé de Balanchine que não estava entre meus favoritos —, mas não adiantou. Não conseguia afastar minha mente dos devaneios. Puxa vida, Lucy! Eu não tinha certeza de que a vira mais de uma ou duas vezes depois que ela se divorciara de Thomas, e aquilo tinha ocorrido no final da década de 1970. Talvez no início da década de 1980. De fato, parecia provável que as únicas vezes em que eu havia pensado nela tinham sido nas ocasiões em que encontrava Thomas, sozinho ou com a nova esposa, o que eu havia feito com certa frequência, e inevitavelmente quando li o obituário de Thomas. Exceto o obituário, tudo o mais parecia ter ocorrido num tempo remoto demais. Lucy provavelmente era uma daquelas boas meninas de Radcliffe, Smith ou Vassar, de boa família, que vieram para Nova York na década de 1950, depois da faculdade, em busca de um marido ou do emprego dos sonhos. A gente as encontrava numa festa promovida pela tia ou madrinha de alguém. Na maioria, eram atraentes — conforme o ângulo do qual a víssemos, Lucy era uma grande beldade ou uma *jolie laide* — e caso a felicidade conjugal e a formação de uma família perfeita em Bronxville, Scarsdale ou Morristown não figurassem entre seus principais objetivos imediatos, elas queriam escrever. Enquanto esperavam, procuravam emprego em editoras ou nas revistas *Time*, *Life*, ou no *Saturday Evening Post*. Infelizmente os homens que podiam dar tais empregos para elas achavam que garotas desse tipo eram melhores para atender telefone ou servir cafezinho. Uma boa maneira de romper o estereótipo e esquivar-se era trabalhar em revistas de moda. Foi o que fez Lucy. Alguns anos depois de Sylvia Plath ter trabalhado lá por um tempo, Lucy conseguiu um emprego de verão como editora convidada na *Mademoiselle*, voltou a Radcliffe para cursar o último ano e, depois de se formar, deu provas mais uma vez de ser esperta ou de ter sorte. Obteve um estágio de um ano na *Vogue* de Paris, um emprego que deve ter deixado as jornalistas e as aspirantes a escritoras que tinham sido suas colegas de faculdade roendo as unhas de inveja.

Lucy, pelo visto, também era especial em outros aspectos — pelo menos no contexto do início dos anos 1950. Um homem com quem eu jogava squash duas vezes por semana no Harvard Club, quando eu o convidava, e no seu suntuoso clube na Park Avenue, quando era ele que me convidava, continuara a ser um frequentador assíduo do circuito de festas de debutantes. Fora ao baile oferecido pelos De Bourgh para Lucy em sua mansão no verão anterior à sua ida para Radcliffe e mantivera contato com ela durante a temporada de Nova York que se seguiu, nas recepções de calouros e em todos os eventos imagináveis, inclusive alguns que ele não se dava ao trabalho de especificar. Lucy era fascinante, irresistível, ele me dizia, ela eletrizava qualquer homem solteiro e teria sido com facilidade a debutante do ano não fosse pelos boatos sobre um caso infeliz ocorrido na Miss Porter School quando ela estava às vésperas de se formar. Lucy ausentou-se sem justificativa — segundo a história que ele tinha ouvido, Lucy saíra pela janela de seu dormitório e descera por uma corda — e foi descoberta dormindo num hotel da rede Howard Johnson nos arredores de Farmington, depois de beber muito numa festa de arromba. Seu par já havia ido embora e ela se recusou a revelar o nome dele para a polícia, para a diretora e até para os próprios pais. O sr. De Bourgh mexeu uns pauzinhos, preencheu um cheque de valor elevado e assim Lucy obteve autorização para se formar e ele e a sra. De Bourgh promoveram a festa. Se perdoaram Lucy ou não era uma questão em aberto, pois os convites já tinham sido enviados e seria um embaraço ainda maior cancelar tudo àquela altura. Meu parceiro de squash fez tais revelações enquanto descansávamos no vestiário de seu clube, depois de uma partida muito disputada.

Em conformidade com a atmosfera do lugar, ele acrescentou um testemunho pessoal: Ela trepa como uma sacerdotisa de Baco. Uma bacante esnobe!

Paris foi onde eu a conheci melhor. De início, apenas nos esbarrávamos em eventos na embaixada dos Estados Unidos. O embaixador Dillon e seu sucessor, Amory Houghton, tinham sido colegas de escola do pai de Lucy; eles faziam questão de cuidar dela. Mais tarde, ela começou a me convidar para festinhas chiques que promovia em seu apartamento na Rue Casimir-Perier, a poucos passos da Place du Palais Bourbon, onde ficava a redação da *Vogue* na época. Então uma coisa foi levando à outra. Havia muitos jovens estudantes e expatriados americanos na cidade na época. O dólar valorizado tornava viáveis certos luxos. Um almoço para duas pessoas no Lapérouse, com uma garrafa de vinho decente, incluindo uma gorjeta generosa, custava talvez doze dólares. A guerra na Argélia ainda não tinha se agravado e a sedução da vida intelectual e literária de Paris se encontrava no auge, atiçada pela reputação e pelas personalidades fortes de Sartre, Simone de Beauvoir e Camus, bem como pela voga do existencialismo e do cinema francês. Lucy se destacava entre as americanas de sua idade. Como se sabe muito bem, os muito ricos são diferentes do resto de nós: eles desfrutam de suas posses desde muito cedo e vivem convencidos de que são melhores do que nós. Lucy não era tão rica, mas a aura de importância histórica e de riqueza que a rodeava era inequívoca. Seus antepassados, os De Bourgh do século XVIII, tinham sido abastados proprietários de navios em Bristol, Rhode Island. Seu ancestral direto, James De Bourgh, encomendara um navio antes de completar vinte anos de idade; durante a Guerra de 1812, foi um temido corsário, lutando no lado dos americanos; depois de uma carreira na política estadual em Rhode Island, tornou-se senador dos Estados Unidos. Sua enorme fortuna, consolidada por meio da industrialização de algodão, tinha origem no comércio de escravos; quando morreu no final da década de 1830, era considerado o homem mais rico de Rhode Island e talvez o segundo homem mais rico do país. Suponho que acima dele, em primeiro lugar, estivesse Jacob Astor, mas nunca me dei ao trabalho de confirmar meu palpite. Na época em que conheci Lucy, a saga dos De Bourgh era pouquíssimo conhecida por qualquer pessoa que não fosse um aficionado da história dos Estados Unidos, e mesmo eu, que poderia ser assim classificado, de início tinha apenas uma vaga recordação de que algum dia existira um certo De Bourgh importante, no entanto acabei forçosamente me familiarizando com aquela história. Não havia jeito de ficar algum tempo com Lucy sem ouvi-la falar de James De Bourgh e de seus contemporâneos e rivais em Rhode Island, os muito mais famosos irmãos John e Moses Brown. Ela censurava com vigor a gradual dissipação da fortuna dos De Bourgh sob a administração dos descendentes de James, e entre os maiores esbanjadores Lucy incluía o próprio pai, e também recriminava a política comercial americana, que ela culpava pelo colapso das indústrias têxteis da Nova Inglaterra na década de 1920, que seu avô e os irmãos dele não tinham conseguido prever, mas, no que dizia respeito à própria Lucy, o brilho de sua família não havia diminuído. Além disso, como ela costumava dizer, ficar com a carteira vazia é um conceito relativo. Tudo depende de quantas carteiras você tem em casa. Nós ainda temos muitas.

Lucy me espantou ao recusar o emprego de editora assistente em Nova York que a revista lhe ofereceu no final de seu estágio. Morar em Nova York, disse, não era para ela. Em vez disso, foi passar o verão em casa a fim de praticar tênis, disse ela, e no outono voltou para Paris, para seu apartamento e para suas festas à noite. Depois de uma dessas festas, enquanto tomávamos o último drinque da noite, perguntei o que ela planejava fazer agora que estava de volta.

Viver!, respondeu em tom displicente. Ter a audácia de viver!

E discorreu sobre essa ideia no decorrer das conversas subsequentes. Afinal não era ela a herdeira de todas as gerações, com a obrigação de tirar o máximo proveito de sua educação — tinha uma opinião comicamente elevada sobre seu diploma de Radcliffe em língua e literatura românicas — e, sobretudo, de sua liberdade? Os recursos da família, embora nem de longe tão vastos quanto tinham sido no passado, permitiam que Lucy se comportasse daquela maneira. Para que ter um emprego de que não precisava e que nem queria em especial e, ao mesmo tempo, tomar a vaga de alguém que poderia de fato estar precisando do trabalho?

Eu não tinha nenhuma resposta pronta para aquilo a não ser "é claro", embora eu me perguntasse até que ponto ela havia refletido sobre o destino de senhoras expatriadas do século XIX cujo exemplo, de modo consciente ou não, ela devia estar seguindo. Além disso, o assunto não era da minha conta. Lucy e eu nos dávamos bem, e tê-la em Paris organizando suas festas e, de vez em quando, promovendo distrações mais ambiciosas era bastante agradável. Um bom exemplo foi uma excursão a Chartres com ela e um casal de Providence, em lua de mel na França. Falando sem parar sobre a arquitetura da catedral e sobre a tese de Henry Adams a respeito, Lucy dirigia em disparada pela *route nationale*, de três pistas, à qual as sombras lançadas pelos plátanos que a margeavam dos dois lados davam a aparência de um rio de água cintilante, enquanto seu Mercedes conversível de quatro portas deixava para trás os carros de *deux chevaux* que transportavam os franceses mais modestos e os grandes Citroëns lustrosos apreciados pela burguesia francesa e por funcionários do governo, até que os guardas nos detiveram numa barreira de controle de velocidade a cerca de trinta quilômetros de nosso destino. Foram educados, bem como Lucy, mas, como ela disse ao retomarmos nossa viagem, ela tinha perdido o pique. No entanto, só por aquela manhã. De tarde, ela estava de novo embalada e a viagem de volta foi, mais ainda, de deixar os cabelos em pé. A teoria de Lucy era de que a polícia nunca para o mesmo motorista duas vezes na mesma estrada. Além disso, tinha marcado um jantar e não queria chegar atrasada.

Quando se aproximou o intervalo seguinte no balé, me ocorreu que eu já tinha muitas recordações armazenadas e muitos fantasmas vivos — ex-pessoas, assim eu os chamava — me rodeando, colegas da escola e da faculdade, pessoas com quem eu havia trabalhado numa revista ou em outra, além de minha agente literária, a quem eu permanecera fiel, e não tinha a menor necessidade de acrescentar Lucy àquela multidão. O melhor a fazer seria ficar em minha poltrona durante o intervalo. Outra opção era deixar de lado a terceira peça do programa, um balé de Balanchine que eu já vira vezes demais para lamentar não assistir a mais uma apresentação, sair do teatro e ir direto jantar. Prevaleceu a consciência de um baletômano. Não havia nenhum bom motivo para evitar Lucy e certamente nenhum motivo para deixar que ela me levasse a algum lugar em seu carro.

Lucy deve ter se virado para ver para que lado eu ia quando nos separamos no final do primeiro intervalo. Ela estava à minha espera no alto da escada.

Bem, disse ela, foi um balé bonito. Não gostou?

Fiz que sim com a cabeça.

Deve haver melhores bailarinos na Europa, eu não sei, prosseguiu ela. Não vou mais à Europa. Mas para mim essa companhia continua maravilhosa.

Garanti a Lucy que eu concordava, e nisso ela logo perguntou: Não vai me oferecer uma taça de champanhe?

Na hora, ela também pediu castanhas mistas. Paguei e a acompanhei até o balcão. Lá ela me disse, quase sem pausa entre as frases, que tinha ficado muito triste ao ler a notícia sobre Bella e pensou em escrever, mas não a havia conhecido muito bem, e também disse que achava que ter perdido Bella devia ter me deixado muito solitário.

Chocado com a frieza de suas palavras, virei-me para o chafariz e fiquei em silêncio.

Depois de uma pausa, Lucy disse lembrar que eu, por outro lado, tinha escrito depois da morte de Thomas, o que ela na hora achou, e continuava a achar, um gesto de cortesia desastrada. Como não esperava condolências, ela não respondera.

Talvez eu tenha encolhido os ombros antes de responder que eu gostava de Thomas e que lamentara o divórcio deles quando recebera a notícia, bem como lamentara, é claro, o medonho acidente.

Ela se virou para mim.

O que você quer dizer? Eu não podia continuar a viver com aquele monstro. Você continuou a vê-lo, é claro, assim como todos os meus outros amigos. Ora, tudo o que ele queria caiu no seu colo, inclusive aquela celebridade que virou sua segunda esposa, e ele nunca reconheceu que devia tudo a mim. Talvez ele não lembrasse. Talvez nunca tenha entendido.

Não me dei ao trabalho de responder.

Meu filho, Jamie, é um fracasso, acrescentou de modo inconsequente. Tenta escrever roteiros, mas não sabe como fazer isso. Não admira que não consiga vendê-los. Sua esposa é uma *chicana*. Naturalmente moram num subúrbio horroroso de Los Angeles. Quando vou lá, ele nem me deixa ficar na sua casa. Tenho de ir para um motel!

É duro, falei.

Dessa vez ela concordou. O argumento deles é que Thomas nunca pediu para ficar na casa deles. Era de se esperar! Por que faria isso? Ele ficava numa suíte no Beverly Hills Hotel e mandava que o levassem para tudo quanto é lado! Você sabe que ele não tinha absolutamente nenhum sentido de direção.

Não pude deixar de rir. Ele poderia ter encontrado uma solução bem melhor, eu lhe disse.

Sem dúvida, respondeu, tinha dinheiro para isso.

Lucy deve ter se dado conta de que eu estava prestes a me despedir e mudou de assunto: Imagino que você vá jantar com alguém. Pode me dizer a verdade. Eu já jantei, portanto não precisa se preocupar em inventar um jeito de me encaixar no seu programa. Hoje em dia eu como muito cedo. Numa outra noite, pode ser. Eu gostaria de jantar com você. Qual é seu telefone?

Dei para ela, junto com meu endereço de e-mail.

Lucy anotou os dois num caderninho de telefone que tinha as pontinhas torcidas e disse: Vou entrar em contato.

2.

Thomas Snow: o brilhante investidor financeiro que ganhou uma montanha de dinheiro, acabou desperdiçando boa parte da fortuna e se converteu num guia espiritual de Wall Street! Nós gostávamos de nos encontrar onde quer que eu estivesse, em Nova York ou em Paris, e a partir do final da década de 1970 ele ia muitas vezes a Paris. Claro que eu acompanhara suas ideias nas páginas de opinião de vários jornais americanos e, de vez em quando, no *Financial Times*. O fato de Lucy falar dele com tanta hostilidade e rancor, que o tempo pelo visto nada fizera para abrandar, trouxe de volta diante de meus olhos o jovem que ela me apresentara em Paris, certa tarde, há mais ou menos cinquenta anos. Eu estava em meu escritório, trabalhando no primeiro capítulo de um romance, o que no meu caso significava que eu revisava talvez pela terceira ou quarta vez tudo o que eu havia escrito no dia anterior. O telefone tocou; peguei o fone e ouvi Lucy falando em voz muito alta: Alô, estou bem aqui, quase embaixo do seu prédio, no café na esquina de Vaugirard com Madame. Tem uma pessoa comigo que eu quero lhe apresentar. Podemos subir? Não vamos demorar.

Lucy era uma dessas pessoas convictas de que não podemos deixar de reconhecer sua voz e que por isso não dizem seu nome quando telefonam. No caso, eu havia notado que era ela e reprimira meu aborrecimento. Pois dizer que não e me sentir mal por causa disso seria ainda mais perturbador. Falei: Sim, vou ficar muito contente em vê-la.

Eu morava no terceiro andar, estilo francês, o que significa que na verdade era o quarto andar. Não havia elevador. Longos minutos passaram antes que a campainha da porta tocasse. Abri. O olhar de Lucy era o de um gato que nos traz um rato: Este é Thomas Snow. Thomas, aqui está o grande romancista de quem te falei.

Apertamos as mãos. Passava das seis horas e ele estava tão obviamente sem jeito com a apresentação de Lucy que, ao contrário de minha intenção original, que era me livrar deles depressa, levei ambos para a sala e perguntei se não queriam tomar um drinque. O uísque relaxou o jovem. Uma pergunta de passagem sobre o que o havia trazido a Paris no mês de janeiro, um mês não muito apreciado por turistas, abriu as comportas para um fluxo de informações. Ele era um soldado de licença. Depois de tirar seu diploma na London School of Economics, onde havia estudado com uma bolsa do Harvard College, apresentou-se como voluntário para as forças armadas e servia no posto de cabo no quartel-general do Sétimo Exército em Heidelberg. Seu tempo de serviço terminaria no verão. No outono, ia começar a cursar a Harvard Business School.

E depois?

Ele tinha tudo planejado: queria trabalhar em Wall Street, estava de olho no Morgan Stanley e, se aquilo não desse certo, tentaria o Kidder. Além disso, tinha alguns sonhos, cada um mais nebuloso que o outro.

É um tremendo projeto, falei, e virando para Lucy perguntei onde havia conhecido aquele impressionante futuro banqueiro.

Mas eu ia justamente lhe contar isso, eu estava chegando a esse ponto, protestou Thomas. Nós nos conhecemos no início do segundo semestre do meu último ano da faculdade, numa festa oferecida pelo seu amigo Alex van Buren. Sei que você e ele são amigos porque Lucy me contou. Foi um incrível golpe de sorte. Ela e eu nos entrosamos na mesma hora. Não consigo imaginar como teríamos nos conhecido se não fosse aquela festa.

Lucy fez que sim com a cabeça num gesto vigoroso e estendeu para mim o copo vazio, que enchi de novo.

Que interessante, comentei. O que o Alex estava fazendo em Cambridge? Ele já se formou faz dois anos. Antes de mim.

Ele estava trabalhando na corretora da família, explicou Thomas, e decidiram que ele devia cursar a Business School. O pai fez pressão.

Na verdade, Lucy havia entendido um pouco mal. Eu conhecia Alex, nós nos dávamos bem, ele sempre me tratara muito amistosamente, mas nunca fomos muito ligados. Poucos anos mais velho que eu, ele tinha sido fuzileiro naval e conseguira escapar vivo de Iwo Jima. Estivemos juntos no grupo da revista *Lampoon*; na verdade ele me ajudou a entrar lá, mas foi só isso. Imagino que Alex frequentava os jantares da *Lampoon*. Eu não. Ao recordar os nova-iorquinos ostensivamente ricos e esnobes com quem ele circulava, eu tinha de me perguntar que diabo aquele jovem tinha ido fazer numa festa de Alex. Não foi preciso indagar: a explicação estava prestes a surgir. Pelo visto Thomas decidira me contar a história de sua vida e Lucy parecia contente de deixá-lo falar à vontade, maternalmente orgulhosa da sua educada confiança em si mesmo.

Ele tinha conhecido Alex e seus pais, prosseguiu Thomas, na verdade todo o clã dos Van Buren, nos verões que havia passado na casa de veraneio da família em Newport, desde seu penúltimo ano do ensino médio, trabalhando como professor particular e babá das sobrinhas, sobrinhos e netos de Van Buren, para os quais ensinava matemática e história. O próprio Thomas era de Newport, mas não da Newport dos Van Buren — a ideia de que eu podia imaginar algo diferente o fez dar uma risada. O pai de Thomas era dono de uma oficina onde todo mundo, inclusive os Van Buren, fazia a manutenção de seus carros de luxo, e a mãe de Thomas era contadora. Ela é a administradora dos negócios de meu pai. Sou filho único, acrescentou.

Então você foi criado perto de Bristol, comentei, o território dos De Bourgh.

Ele riu. Sim, uma curta distância, em linha reta! Mas por outro caminho... De todo modo, no verão anterior à ida de Alex para a Business School, ele me disse que entraria em contato comigo assim que estivesse instalado em Cambridge. Como era de fato um bom sujeito, ele telefonou mesmo e me convidou para ir a festas que ele e seu colega de quarto promoviam depois das partidas de futebol americano. Então, no mês de fevereiro de meu último ano na faculdade, sem mais nem menos, ele me convidou para uma festinha sem nenhum propósito específico. Só uma daquelas reuniões para encher a cara de martínis. Ela estava lá — Thomas sorriu na direção de Lucy — e Alex logo me apresentou. Vou repetir, ele é mesmo um ótimo sujeito. Não estou falando só por ele ser um herói de guerra e tudo isso. Você sabe que ele ganhou uma Estrela de Prata com três pontas, além de dois Corações Púrpura. Quer dizer, Alex nunca me tratou como se eu fosse seu empregado, nem de longe. Ele me ensinou a velejar, conversava comigo durante horas sobre a Primeira Guerra Mundial, que na época era meu assunto predileto. Ele lê muito sobre história.

Foi agradável ouvir aquilo. As condecorações eram novidade para mim. Elas denotavam uma modéstia que Alex, de fato, compartilhava com outros veteranos de regresso que eu havia conhecido na faculdade. Nunca ouvíamos falar dos horrores de Iwo Jima ou sobre a Batalha das Ardenas ou sobre o que mais eles tivessem enfrentado. Sua generosidade com aquele jovem era uma agradável surpresa; talvez Alex estivesse experimentando novos caminhos. Porém, à medida que Thomas ia falando sobre a propriedade rural dos Van Buren e deixava claro seu deslumbramento com a quadra de tênis, a piscina de dimensões quase olímpicas, o ancoradouro com seus barcos e toda a parafernália para velejar, os barquinhos das crianças que oscilavam na água presos a suas amarras e o veleiro que pertencia ao pai de Alex, no qual ele e a sra. Van Buren o levavam, com suas bagagens, para velejar por dias inteiros, eu me perguntava se Thomas já não teria visto as propriedades dos De Bourgh e se dado conta de que, muito provavelmente, não eram nada inferiores àquelas. Thomas não dizia, mas por certo sabia que não era o tipo de jovem boa-pinta com quem as amigas de Lucy esperavam que ela andasse e que apresentasse a elas. Na verdade eu estava propenso a apostar que sua torrente de confissões verídicas tinha a intenção de deixar claro que ele compreendia tal surpresa de minha parte e não tinha a menor intenção de enganar ninguém sobre suas origens. Thomas não precisava se preocupar com isso. Era impossível enganar as pessoas do mundo de Lucy que davam importância a esse tipo de coisa. Sim, ele era elegante — mais tarde eu soube que fizera parte da equipe de corredores velocistas, no tempo do ensino médio, e sua especialidade eram os cem metros rasos — e era consideravelmente mais alto do que ela, tinha o cabelo castanho dividido no lado, rosto bonito com feições harmoniosas, e vestia um terno de flanela cinzento da marca Brooks Brothers, que não era nem grande demais nem pequeno demais para seu tamanho, e camisa azul de colarinho abotoado, como todo mundo. Se Norman Rockwell quisesse pôr na capa do *Saturday Evening Post* a imagem de um soldado de licença com olhos radiantes ao sair pela primeira vez com a filha de seu futuro patrão, poderia muito bem ter usado aquele rapaz — com alguns retoques, é claro. E, sim, ele falava de modo correto e sem vestígio de nenhum sotaque regional. Isso era bom e devia agradar seus prováveis empregadores de Wall Street de famílias tradicionais. Mas, no contexto dos De Bourgh, não adiantava nada. Ele era um homem da cidade, que ignorava as coisas do campo. Filho do dono de uma oficina de carros e de uma contadora! Não faria grande diferença se a oficina — a melhor da cidade! — ficasse, digamos, em Casper, no Wyoming. Mas a indignidade do fato de ela ficar bem pertinho, em Newport, logo lá, era motivo de risos e não podia deixar de causar engulhos duradouros aos pais De Bourgh, ao irmão de Lucy e a não sei quantos tios, tias e primos. Esse último aspecto da questão, a propósito, revelou-se um ponto em que eu me enganei redondamente. Para além dessas divagações sobre classe social e casta na Costa Leste dos Estados Unidos, que eram parte de meu métier de escritor, havia outra peculiaridade: no ambiente de Lucy em Paris, havia muitos banqueiros e advogados, a maioria, sem dúvida, casados de forma segura, mas eu não havia notado que Lucy estivesse particularmente interessada em nenhum deles. Ela jogava tênis em duplas com aqueles homens e suas esposas; ia a suas festas e jantares; no entanto parecia atraída para o outro grupo de americanos em Paris: escritores, pintores e jornalistas eventuais. Portanto, por que aquele banqueiro em embrião? Não era da minha conta. Se Lucy estava tendo um caso com aquele rapaz simpático, *tant mieux*! Na certa ele iria se divertir bastante e também aprender algumas coisas. Eu gostava dele instintivamente e gostava da ideia que eu havia formado de que, ao fim e ao cabo, para usar uma expressão antiga, nós três, Lucy,

Thomas e eu, pertencíamos ao mesmo mundo, sem distinções de classe, o mundo majestoso a que os reitores da Universidade Harvard costumavam dar as boas-vindas ao se dirigir aos alunos que começavam a última série do Harvard College: "a sociedade dos homens e mulheres educados". Enlevado por tais sentimentos, convidei Thomas e Lucy para um pequeno coquetel que eu ia oferecer em meu apartamento na sexta-feira daquela mesma semana.

Eu já morava em Paris havia tempo suficiente para ter feito amizade com um grupo de franceses interessantes na esfera artística e literária, que eu tinha certeza de que Lucy ia apreciar, inclusive alguns bons críticos de música e de arte — e tinha convidado alguns deles, bem como alguns americanos que trabalhavam no *New York Times*, no *Herald Tribune* e na *Time*. Os franceses e os americanos não faziam grande esforço para se misturar, mas aquilo já era esperado. Fiquei de olho em Thomas. De início, manteve-se ao lado de Lucy, mas depois os jornalistas americanos que se acotovelavam para falar com ela acabaram empurrando Thomas para o lado. Eu estava prestes a ir em seu socorro quando vi que não era necessário intervir. Thomas já havia começado a bater papo com Guy Seurat, bisneto do pintor pós-impressionista e meu melhor amigo na França. Juntei-me a eles por um momento e descobri que o francês de Thomas era um pouco duro, mas perfeitamente adequado. Quando olhei de novo, Guy já estava apresentando Thomas a um editor da Gallimard e sua esposa, professora na Sorbonne. Achei que era bom que ele travasse contato com o contingente francês. Vários convidados americanos tinham alguma história com Lucy. Não havia meios de Thomas saber disso, a menos que ela mesma tivesse contado, mas tais coisas às vezes podem ser deduzidas pela maneira como um homem nos olha dos pés à cabeça, e isso magoa.

* * *

Algum tempo depois do verão, encontrei Lucy numa recepção na embaixada britânica. Era uma linda noite de clima ameno. Saímos ao mesmo tempo e, quando me disse que ia para casa, sugeri que caminhássemos juntos. Eu a deixaria na porta de sua casa e seguiria até a Rue de Vaugirard. Não existe espaço público ou paisagem urbana mais impressionante ou mais estimulante do que aquela oferecida pelo espantoso conjunto formado pela Place de la Concorde, a ponte que cruza o Sena e nos leva à Assembleia Nacional, com a visão da Notre-Dame ao leste e da Pont Alexandre III e o Trocadéro a oeste. Durante um tempo, saboreamos aquilo em silêncio. Então Lucy me disse que ela e Thomas iam viajar juntos pela Itália assim que ele terminasse seu serviço militar. O irmão de Lucy ia se casar em Bristol no segundo sábado do mês de setembro. Lucy estaria lá, é claro. Depois do casamento, na certa voltaria para Paris. Ela esperava que eu estivesse lá.

Comentei que, pelo visto, ela e aquele muito simpático Thomas estavam tendo um relacionamento mais sério.

Ele me ama de verdade, respondeu Lucy. Acho que precisa de mim. Talvez eu também precise dele.

No mês de fevereiro do ano seguinte, um romance meu foi publicado nos Estados Unidos, o que me obrigou a ir a Nova York falar com meu editor e com várias pessoas do setor de divulgação da editora, bem como com minha agente, além de fazer algumas leituras e participar de outros eventos promocionais. Foi bom sair de Paris. O conflito em torno do futuro da Argélia estava dividindo a França com uma veemência que não se via desde o Caso Dreyfus. No final de minha estada, a convite da revista literária do Harvard College, dei uma palestra no Sanders Theater em Cambridge. O comparecimento foi bom e a plateia se mostrou simpaticamente entusiasmada. Sem que eu soubesse de nada, Thomas foi me ouvir e me esperou para me cumprimentar quando saí do teatro, a caminho da recepção que os alunos da graduação iam oferecer na revista. Convidei-o para ir comigo. No caminho para Bow Street, Thomas me fez um relato entusiástico e até esfuziante de sua viagem com Lucy pela Itália. Tinham "feito" Florença e as cidades da Úmbria, Veneza, Pádua e Roma e depois, em seguida a uma visita de dois dias a Nápoles, voltaram para Paris, onde se separaram. Ele pegou o trem para Le Havre, de onde ia partir seu navio de estudantes. Ela ia partir de navio uma semana depois, de Cherbourg. Passagem de primeira classe no *France*, contou-me Thomas. Que sorte da Lucy! Mas os dois se viram de novo em Bristol, no casamento do irmão dela. E depois Lucy partiu para Paris e Genebra.

Perguntei que notícias ele tinha de Lucy.

Continua em Genebra, respondeu. Tenho recebido cartas, mas só nos falamos umas duas ou três vezes. A diferença de fuso horário parece estar atrapalhando. Ela não voltou para casa no Natal. Estou preocupado com Lucy. Nunca me explica o que está fazendo lá. Se eu conseguir dar um jeito, vou direto para lá logo depois que as aulas acabarem. Vou ter muito trabalho nas férias da primavera.

Em maio daquele ano, pouco depois de meu regresso para Paris, meu amigo Guy Seurat e sua esposa médica, Elsa, convidaram-me para passar com eles o longo feriado da Ascensão em sua casa em Vaucluse, a alguns quilômetros da pequena cidade de Camaret-sur-Aigues. Erguida no meio de um vasto jardim, a casa pertencera à família de Guy até a década de 1880, quando passou às mãos de um rico industrial de Marselha e a seus herdeiros, os quais lhe infligiram toda sorte de melhoramentos, como os que desfiguraram tantas residências francesas do mesmo tipo. A família comprou a propriedade de novo na década de 1930 e Guy, desde que herdou a casa de um tio solteiro, se entregava a um esforço heroico e nada barato para restaurar seu exterior, inclusive remover o estuque moderno e substituí-lo por um *crépi* — argamassa de cal — de uma cor típica da região. Ele e Elsa fizeram, eles mesmos, boa parte do trabalho, chamando amigos sempre que podiam, e eu mesmo passei os feriados de uma Semana Santa lixando e pintando persianas de janelas e arrancando a grama do pátio da frente, para que pudesse ser substituída por cascalho fino, à maneira do século XVIII.

Quando cheguei de carro de Avignon no final da tarde, os outros convidados de Guy e Elsa já estavam lá, um casal que eu não conhecia: uma jovem de cabelo preto e pele pálida de uma beleza estonteante e um homem grande, com uma indumentária — calças de linho verde-limão e camisa de seda vermelha, enfeitada com um plastrão de seda estampada — que os burgueses franceses do seu tipo julgavam adequada para fins de semana no campo, roupas compradas na loja Sulka's na Rue de Castiglione. Pouco depois eu soube que eram Bella e seu marido, Marc de Clam. O feriado da Ascensão caiu muito tarde naquele ano, e um dia seco e bastante quente foi seguido pelo tipo de noite provençal que faz a gente desejar que a alvorada não chegue nunca. O jantar foi servido tarde, numa mesa apoiada sobre cavaletes, sob um céu sem lua, pela combinação de cozinheira e governanta dos Seurat, a qual, junto com o marido, tomava conta da propriedade na ausência dos Seurat, uma responsabilidade nada desprezível numa região do país infestada por ladrões de residências. Eu me vi sentado ao lado de Marc. Ele falou com desenvoltura. O golpe fracassado dos generais, uma tentativa de oficiais desafetos de alto escalão para derrubar o general de Gaulle, tinha ocorrido apenas três semanas antes; e a OAS, a organização armada secreta da Argélia francesa, o movimento "A Argélia deve permanecer francesa", tinha começado sua campanha de assassinatos e violência. As simpatias de Marc iam nitidamente, se não para a própria OAS, pelo menos para os *pieds-noirs*, a população não muçulmana da Argélia, em parte formada por descendentes de colonos franceses, que se recusavam a entregar o país que consideravam seu. Eu tinha uma posição inteiramente contrária à Algérie Française e a tudo que esse movimento defendia, mas não o contradisse. Nem perguntei que tipo de laço ancestral havia entre ele e Armand du Paty de Clam, o qual certamente teria aprovado seu palavrório. Quase não falei nada. Meu pensamento e meu olhar estavam cravados em Bella; foi um *coup de foudre*: um raio caiu sobre mim e me apaixonei.

O jantar terminou bem tarde. Outro casal, Bernard e Francine Bruneau, se juntara a nós. A governanta tinha ido dormir, por isso tiramos a mesa, lavamos e enxugamos os pratos, antes de empilhá-los sobre a pia e na mesa da cozinha. Quando vi o casal Clam dar boa-noite e desaparecer, fui tomado por uma inveja precisa e humilhante. Guy sugeriu um uísque de fim de noite. Aceitei. Depois de alguma hesitação, Francine e Bernard disseram que também iam dormir. Era o que eu desejava: ficar sozinho com Guy e Elsa. Quando a conversa perdeu o rumo, perguntei a respeito dos outros convidados.

É uma reunião de colegas de turma!, exclamou Elsa. Os três estudaram juntos em Stan e fizeram juntos toda a *hypokhâgne*, o curso preparatório para os exames. E depois Bernard e Marc estudaram juntos de novo na Sciences Po.

Bernard trabalha na empresa do pai, um comerciante de antiguidades no Faubourg St.-Honoré, prosseguiu ela, e Marc trabalha no Banque Worms.

Eu havia frequentado um número suficiente de membros da burguesia elegante de Paris para saber que, por Stan, ela entendia o Collège Stanislas, a mais prestigiosa das escolas católicas francesas, entre cujos ex-alunos eminentes figurava nada menos do que o general De Gaulle, tão detestado por Marc de Clam.

E as esposas?, perguntei.

Francine tem filhos gêmeos. Ela os deixou com os avós durante o fim de semana. Eles dão bastante trabalho, mas ela ainda ajuda no comércio de antiguidades. Ela cursou a École du Louvre.

E Bella, interveio Guy, a formidável Bella! Fez o *khâgne* na Fénelon e tirou o segundo ou o terceiro lugar na prova para a Normale Sup. É claro que foi ótima aluna e se formou de maneira brilhante. Enquanto estudava na Normale, casou com Marc. Nunca lecionou. Em vez disso, é uma de minhas escritoras. Há dois anos, publicamos um pequeno e delicioso estudo de sua autoria sobre Madame de La Fayette. Anda trabalhando em alguma coisa nova agora, mas não quer revelar do que se trata.

"Formidável"! Achei que eu tinha sentido aquilo mesmo: era tão inteligente quanto linda. Fénelon era o melhor dos lycées para moças; a École Normale Supérieure era o *nec plus ultra* do ensino de humanidades na França. O intelectual esnobe que havia dentro de mim sorria e fazia que sim com a cabeça.

Seu amigo Marc tem opiniões políticas muito enfáticas, ousei dizer. Ela está no mesmo barco que o marido?

Guy riu. Claro que não! Ela é secretamente socialista. Não presta atenção nas opiniões políticas dele. Nenhum de nós faz isso. Ele é um produto francês especial: o maluco direitista afável.

Elsa interveio: Ele traz isso nos genes. Você devia ouvi-lo falar sobre aquele traidor, o Dreyfus!

Ficamos em silêncio por um tempo, contemplando as estrelas que estavam tão radiantes que se podia acreditar de fato que estavam em chamas. Quando Guy se espreguiçou e deu boa-noite, Elsa lhe disse que iria logo em seguida e perguntou se eu não gostaria de tomar mais um uísque. Um pouco só, respondi. Ela me serviu um e fez o mesmo para si.

Foi uma semana difícil, disse Elsa. Foi minha vez de ser responsável pelo setor de emergência e tivemos um número recorde de casos de traumatismo. Acidentes de carro, facadas e ferimentos à bala, além dos rotineiros ataques de coração, colapsos, crianças que caem da bicicleta e batem com a cabeça no chão. Você deve ter percebido, prosseguiu, mudando de assunto de repente. Não é um casamento feliz. Bella faz o melhor que pode. Não há filhos; tenho a impressão de que não haverá nenhum e é só uma questão de tempo para ela decidir que já está farta. Você não vai acreditar, mas o Marc não gosta que ela escreva. Ele diz que isso deixa seus colegas e seus clientes nervosos!

No dia seguinte, Bernard Bruneau organizou uma expedição de caça de antiguidades em Nîmes e Arles. Houve um entusiasmo geral com o projeto, pois Bernard e Elsa eram aficionados de feiras de objetos usados e de mercados de província, bem como Marc de Clam, pelo visto. Pedi para ser dispensado. O dia estava maravilhoso e menos quente do que na véspera, e parecia uma pena dispersar a maior parte do tempo dentro de um carro, viajando em velocidade alta demais pela mortífera estrada D15. Ocorreu-me que, em vez disso, eu podia pegar meu próprio carro e seguir, em velocidade sensata, rumo a Uzès e fazer uma caminhada longa na *garrigue*, a charneca. O simples pensamento do aroma dos juníperos ressecados pelo sol, do tomilho silvestre e da lavanda era inebriante. Anunciei meu plano e me aferrei a ele, a despeito das expressões de pesar e das promessas de fazer caminhadas no dia seguinte e no outro também. Para minha surpresa e contentamento, Bella perguntou se podia ir comigo.

Aconteceu que tinha lido um de meus romances e lembrava-se dele muito bem. Conversamos sobre meus temas. Eles eram, disse eu, embora não necessariamente nessa ordem, o amor, a ambição, a traição e o medo da decadência da velhice. Tratados por meio de situações ocorridas em Nova York e na Nova Inglaterra, com eventuais incursões de meus personagens em lugares da Europa Ocidental que eu conhecia melhor. Ela sorriu e disse que não existiam outros temas sérios que não esses, exceto talvez a morte, o castigo e o perdão. Concordei. O castigo podia ser encontrado de forma implícita em minha obra. Perdão? Era um tema que raramente atraíra minha atenção.

Chegamos a um local onde eu pude estacionar o carro em segurança, saímos e caminhamos entre os arbustos. Dali a pouco estávamos em campo aberto, rodeados por um mar de vegetação rasteira, fervilhante de grilos ruidosos, e inalávamos os fortes aromas de que eu me lembrara com tanta saudade.

É um verdadeiro paraíso, disse Bella. Estou muito feliz por você ter pensado em fazer isto e ter me deixado acompanhá-lo.

Minha resposta seria algum elogio sem importância, mas de repente tomei coragem e lhe disse que Guy mencionara que havia publicado um livro dela — o qual eu lamentava não ter lido, mas que leria em Paris — e comentava sobre um livro novo que ela estava escrevendo. Ela não poderia me contar do que tratava?

Fiz apenas uma pesquisa preliminar, respondeu, mas acho que vou levar adiante a ideia e provavelmente escrever alguma coisa. Trata de um momento fora do comum na vida de emigrados que fugiram durante o Terror. O tempo que Chateaubriand e Talleyrand passaram nos Estados Unidos, onde não ficaram muito tempo, mas viram muita coisa e escreveram sobre suas impressões, e também a Marquise de la Tour du Pin, cujas memórias são maravilhosas. No caso de Chateaubriand, é claro, devemos a essa viagem *Atala* e *Les Natchez*.

São obras que li, eu lhe disse, e tenho certa noção de suas influências. E, tentando ser o mais modesto possível, e ao mesmo tempo despertar seu interesse, falei também que pouco depois de terminar a faculdade, quando começava a pensar no meu primeiro livro, eu havia mergulhado por um tempo na história dos Estados Unidos do final do século XVIII; tinha especial interesse pelo que estava ocorrendo então na Nova Inglaterra e em Nova York.

Nesse caso temos de nos encontrar para almoçar em Paris, disse Bella, se você tiver tempo, um dia. Eu gostaria muito de pôr à prova algumas de minhas teorias — não, elas não são tão sérias assim. Não passam de algumas conjecturas.

3.

Uma vez "cumprida" a missão no Iraque, eu me permiti, meio a sério, supor que o próximo passo da marcha daquele pobre país em 2003 rumo à felicidade e à democracia incluiria a restauração da autonomia dos iraquianos. Em vez disso, na manhã seguinte ao balé, vi na primeira página do *New York Times* uma fotografia de nosso procônsul em Bagdá, Paul Bremer, e seu predecessor, Jay Garner, com cara de quem havia engolido uma almôndega especialmente apimentada, e um texto que dizia que os Estados Unidos e a Grã-Bretanha tinham decidido adiar a autonomia. Funcionários aliados — ao que parece o sr. Bremer — continuariam no comando do país por tempo indeterminado. O telefone tocou enquanto eu refletia sobre as consequências daquela medida autoritária. Era Lucy, que me convidava para jantar naquela mesma noite. Disse que continuava no endereço da Park Avenue. O jantar era às oito horas. Como o tempo continuava surpreendentemente ameno, resolvi caminhar até lá e atravessar o parque na rua 79. Oitavo andar, me disse o porteiro. Ela está esperando o senhor. A porta está aberta.

O apartamento estava tal como eu me lembrava de minha primeira visita, pouco depois de Lucy e Thomas terem se mudado para a cidade: amplo, com uma profusão de belos móveis americanos do início do século XIX, retratos sofríveis de pessoas de cara amarrada, homens, mulheres e grupos familiares que só poderiam ser os ancestrais de Lucy, pois não havia outro motivo para alguém exibir tais quadros numa casa, além de lindos tapetes orientais. Na época eu supus, e não via razão agora para mudar de ideia, que tudo aquilo provinha da família de Lucy. Embora na ocasião de minha primeira visita seus pais estivessem vivos e pretendessem que o casarão em Bristol, e tudo de importante que havia dentro dele, ficasse para John, o irmão mais velho de Lucy, na certa ela havia herdado toda sorte de bens da parte de seus avós De Bourgh e Goddard. Afinal de contas, ela era a única neta. Eu também podia imaginar um celeiro ou, em vista da categoria daqueles objetos, mais provavelmente um armazém onde aquelas duas famílias de traficantes de escravos convertidos em industriais guardavam móveis supérfluos, pinturas, prataria e roupas de cama, a ser requisitados quando necessário a fim de mobiliar as casas de filhos e filhas mais jovens. Na ocasião daquela primeira visita, Lucy me proporcionara uma rápida turnê pela casa, mostrando as melhorias que ela e Thomas tinham feito depois de décadas de abandono da parte do proprietário anterior, um homem acamado. Quando voltamos à biblioteca, Thomas estava lá, tinha acabado de chegar do trabalho e nos ofereceu drinques — um uísque para ela e martínis servidos de uma coqueteleira de cristal lavrado, para ele e para mim. Elogiei a ambos por suas acomodações elegantes e, na verdade, suntuosas. Lucy balançou a cabeça com ar rebelde, gesto que recordei como algo típico dela, quando tinha intenção de nos contradizer e sentia-se muito motivada.

O local não é tão bom assim, disse ela. Conhecemos muita

gente que considera algo inaceitável, em princípio, morar, ainda que só a poucos quarteirões, ao norte da rua 72.

Ao ouvir aquilo, ergui as sobrancelhas.

Não precisa fazer careta, ela me disse. Também estamos do lado errado da Park Avenue. Os prédios bons ficam do outro lado e recebem o sol da manhã. Tivemos de nos contentar com o segundo melhor lugar não porque eu quisesse, mas sim porque meu gerente não quis me dar mais nenhum centavo. Caso você ainda tenha alguma dúvida a respeito do assunto, é daí que provém o dinheiro. Dos bens deixados em custódia! Se quiséssemos viver com o que o Thomas ganha no Kidder, estaríamos morando no Harlem ou em Hoboken e duvido que você tivesse vindo nos visitar!

Achei estranho que Thomas não tivesse conseguido o emprego no Morgan Stanley como almejava. Pouco depois, ele explicou a situação. Kidder sempre fora sua segunda opção, mas passou ao primeiro lugar quando Al Gordon, o diretor da empresa e um grande homem, foi a Cambridge recrutá-lo pessoalmente e deixou claro que ambos iriam trabalhar em contato estreito.

A imagem que Lucy fazia do que seria sua existência caso dependessem do salário de Thomas me impressionou como algo especialmente exagerado. Eu supunha que todos os bancos de investimento pagassem a seus jovens empregados mais ou menos a mesma coisa e, de fato, meu primo Josiah Weld, que fora trabalhar no Morgan Stanley e tinha a mesma idade de Thomas, não parecia viver em terrível miséria. Na verdade, a mãe de Josiah tinha me dito pouco tempo antes quanto ele ganhava no banco. Era uma soma modesta, mas dificilmente era um salário de peão e, quando, uma semana antes, fui tomar uns drinques com Josiah e sua esposa, Molly, em seu apartamento no Central Park Oeste com a rua 93, não tive a impressão de estar visitando uma favela — apesar de não ficar na Park Avenue ao norte da rua 72! Acontece que a conversa na casa dos Weld acabou tratando de como os jovens estavam sobrevivendo em Nova York — os colegas de turma de Josiah que, por exemplo, também eram banqueiros de investimentos ou advogados e, como ele, tinham muito pouco dinheiro próprio ou recebiam uma ajuda mínima de suas famílias. Segundo Molly, os que já tinham filhos moravam em prédios de apartamentos de classe média mais ou menos precários, nas partes mais altas da End Avenue Oeste ou até na rua 106 Oeste. Classe média baixa, corrigiu-a Josiah. Não tinham quartos suficientes, prosseguiu Molly, mas dava para viver. O grande problema quando se morava na parte alta da cidade era chegar em casa à noite. Era preciso tomar cuidado. Esse era o motivo, concluiu Molly, por que eles haviam resolvido esperar alguns anos antes de ter filhos. O retrato que os Weld pintaram pareceu-me muito razoável; era bem aquilo que eu estava esperando.

Quanto à ostentação de Lucy e Thomas, aquilo os inseria numa categoria diferente. Um funcionário de primeiro escalão do Kidder, talvez até o próprio sr. Gordon, iria sentir-se bastante confortável abrigado no apartamento deles. Tive a fugaz sensação de que o apartamento e tudo ali transpiravam encrenca. O custo da manutenção continuaria acima da capacidade de Thomas durante alguns anos, mesmo que sua ascensão na empresa fosse rápida. Isso significava que era melhor Lucy estar pronta para cobrir as despesas do próprio bolso e não se aborrecer com isso. Eu podia imaginar a inveja, se não a má vontade, dos colegas que não podiam contar com fundos patrimoniais semelhantes aos de Lucy. Quanto ao efeito na mãe, no pai, nas tias, nos tios e nos primos de Thomas, supondo que algum deles fosse convidado a visitá-los, era algo que eu nem conseguia imaginar. Um corolário desagradável talvez fossem as sobrancelhas coletivamente erguidas do clã De Bourgh quando eles avaliassem o ambiente suntuoso em que a fortuna de sua família havia instalado o filho do dono de uma oficina de Newport, que estaria consertando os Jaguares e os Bentleys dos amigos deles. Seria um sentimento de satisfação piedosa, porque o dinheiro ganho vendendo carregamentos humanos tinha sido destinado a um fim virtuoso, oferecendo a um jovem de origem humilde um início de vida promissor? Seria diversão benévola ou indignação? Os próprios sentimentos De Bourgh que havia em Lucy se mantinham abaixo da superfície. Imagino que talvez não fossem sentimentos simples.

Desvencilhei-me daquelas recordações. Mais ou menos quarenta anos mais velha do que a jovem *maîtresse de la maison* sobre a qual eu ficara remoendo pensamentos, Lucy entrou na sala e me ofereceu o rosto para beijar. A antiga Lucy cheirava a L'Heure Bleue e a sabonete de sândalo, seus prediletos na perfumaria Guerlain. A nova versão cheirava bem de leve a naftalina — será que a casimira branca que ela vestia tinha ficado guardada para o verão e fora pouco arejada antes de ser vestida? — e se a gente chegasse bem perto de Lucy quando ela falava, como tive de ficar quando me ofereceu o rosto para beijar, também podia sentir um cheiro um pouco azedo. Talvez fosse a secura da boca.

Ora, ora, ora, disse ela, então você veio mesmo!

Havia alguma dúvida?, retruquei. Aceitei seu convite.

Ah, sim, mas naquela noite no balé você não se mostrou lá muito animado ao me ver. Um fantasma sem glamour do seu passado que o convidava para jantar a sós, porque não tinha convidados glamorosos que pudesse oferecer para entretê-lo. Claro, não permiti que esse pensamento me detivesse, mas certamente esperava um e-mail dizendo que você estava doente ou tinha de viajar ou Deus sabe que outra lorota. Os e-mails tornam fácil mentir.

Ao ver que eu estava prestes a protestar, ela acrescentou: Não se preocupe com isso, temos tempo para conversar a respeito mais tarde. O que gostaria de beber?

Ela nem podia imaginar como estava perto da verdade. Tinha sido muito forte a tentação de dizer para Lucy que eu ficara impedido em virtude do acúmulo de trabalho e prometer entrar em contato assim que a crise terminasse. O que me deteve? Em parte, foi uma forma nova e peculiar de piedade, a sensação de que eu devia aquilo a meus mortos, como uma oferenda propiciatória, mortos agora mais numerosos do que os vivos, pelos quais eu não tinha nenhuma afeição, ou seja, devia me mostrar indulgente e tolerante mesmo com amigos e conhecidos cansativos que tinham se tornado nada mais do que conhecidos cansativos, assim como com insatisfatórias faxineiras, empregadas, datilógrafas, auxiliares, contadores, médicos, dentistas, barbeiros e talvez até com minha agente literária e meu editor. Um motivo mais poderoso era que nosso encontro casual no balé trouxe de volta recordações de uma época em Paris que eu havia afastado da cabeça fazia muito tempo. Entre aquelas lembranças estava a de Lucy e minha passade, que precediam de mais de um ano a tarde em que ela levou Thomas para me conhecer. Aquilo dava a ela alguns direitos inalienáveis. O cenário fora uma festa num fim de semana de três dias em uma ampla casa de campo que o diretor do escritório de Paris de uma empresa de advocacia de Nova York tinha alugado em Deauville. Um bando de americanos, alguns dos quais eu conhecia, tinham sido convidados. Lucy estava entre eles. Na noite de sábado, consumiu-se muita bebida e, depois do jantar, dançamos ao som de discos. Alguém diminuiu as luzes. Logo descobri que Lucy era uma dançarina que usava o corpo com insistência e grande efeito. Quase para minha irritação, descobri que estava com uma ereção e era evidente que Lucy não ignorava meu estado. Um sorriso sutilíssimo passava pelo seu rosto quando ela se esfregava em mim. Depois da meia-noite, nossa anfitriã serviu uma comida apimentada. Por fim todos disseram que estava na hora de dormir e subimos para os andares de cima. O quarto de Lucy e o meu ficavam no mesmo andar. No patamar da escada, lhe dei um leve beijo de boa-noite nos lábios, com o que ela enfiou a língua bem fundo em minha boca. Sua mão se estendeu para minha virilha. Quando ela voltou a estar em condições de falar, sussurrou: Eu não vou demorar! Usava um pijama de seda, preferia transar deitada de costas na cama e, quando murmurei que seria prudente ejacular fora, ela respondeu num sussurro: Mas você não precisa, eu pus meu diafragma. Foi a primeira garota com quem fui para a cama que usava aquele tipo de aparato. E isso foi tudo o que aconteceu. Por que não houve nenhum desdobramento, nem mesmo na noite seguinte, quando ainda estávamos sob o mesmo teto? É difícil dizer, depois de tanto tempo, mas eu era um amante medíocre, me faltava tanto o talento como o ímpeto, uma deficiência que não me impedia de manter ligações breves, às vezes mais de uma ao mesmo tempo. Porém tais episódios — na verdade, não passavam disso — não deixavam nenhuma impressão forte em mim nem, imagino, nos objetos de minhas atenções. Como uma delas, uma fotógrafa inglesa, me disse de modo grosseiro, eu parecia apreciar a companhia das mulheres, sem gostar de sexo. Tudo isso mudou com o advento de Bella.

Philip, perguntou Lucy erguendo a voz, você dormiu? O que gostaria de beber?

Repeti estupidamente a pergunta e respondi: Podia tomar um gim com martíni?

Só se você mesmo preparar, disse Lucy, e me levou para a copa.

Misturei um drinque enorme, enquanto ela observava. Uma voz do inconsciente, onde as banalidades que desafiam o tempo se encontram à espera de ocasiões como essa, me instigava: Ela vai gostar de um copo bem cheio de uísque com soda, com bastante Johnnie Walker Red Label, que eu vi no balcão da copa, e só um pouco de soda, mas com muito gelo. A mesma voz infalível previa os *hors d'oeuvres* que ela ia servir: queijo *cottage* com mariscos em lata desfiados sobre bolachas salgadas Ritz, servidos numa pequena bandeja redonda de louça azul de Cantão, feita para exportação.

Imaginem que Rip van Winkle acordasse e descobrisse que tudo continuava igual, falei. É como me sinto. Aqui estou eu, décadas depois, e este lugar continua exatamente da maneira como me lembro dele. A mesma mobília admirável, os mesmos ancestrais dispépticos. A maior parte das pessoas redecoram suas casas a certa altura da vida, mudam as coisas de lugar. Eu gosto de estabilidade. Estou feliz por estar aqui.

Meu Deus, Philip, disse ela, esse deve ter sido o primeiro elogio não solicitado que você fez a mim. Será que virão outros? Na verdade, manter este apartamento grande depois que aquele monstro levantou acampamento e Jamie foi embora para o colégio interno foi a única decisão acertada que tomei, no que se refere a dinheiro. Quando paro para pensar, vejo que ele não custou tão caro assim, para comprar e consertar, e hoje eu poderia vendê-lo por uma fortuna. Mas não preciso disso; ainda posso cobrir as despesas da manutenção, muito embora os fundos e tudo o mais que meu pai e depois o John controlaram não tenham parado de diminuir. Quanto ao meu pai, eu não podia impedir, mas a verdade é que eu nunca deveria ter aceitado que John cuidasse do meu dinheiro. Por que as famílias não põem na cabeça essa ideia tão óbvia que é o fato de que o gênio para ganhar dinheiro não é transmitido do tataravô para algum bobalhão tardio só porque está na linha de descendência direta? Eu nunca vou entender isso.

Sentamos na biblioteca. O local havia sofrido modificações, o acréscimo de uma enorme tevê de tela plana e de uma poltrona reclinável estofada, um objeto que eu não esperava encontrar na casa de Lucy.

Você está chocado, disse ela. É feia, mas confortável. Passo boa parte das noites solitárias em minha poltrona reclinável assistindo a filmes antigos e tentando não me embriagar tanto que não consiga chegar à cama. Vamos encarar os fatos, Philip. As pessoas me deixaram ou morreram. Ou então ficaram de miolo mole. Não critico nem os mortos nem os vivos. Quem é que precisa de uma velha enjoada e sem glamour em sua mesa? Só outras mulheres velhas e sem glamour que acham que vão ficar em melhor situação se souberem se mostrar amáveis. Elas chegam ao ponto de convidar matronas sem graça que moram na roça para ficar em seus apartamentos. Qualquer coisa para ter companhia! Eu não sou amável. Vou aos espetáculos de balé, do New York City Ballet e do American Ballet Theatre, vou à ópera e à filarmônica. Mas vou sozinha. Pego um táxi para chegar ao Lincoln Center e o ônibus para voltar para casa. Não tenho paciência para brigar por um táxi depois do balé e na saída de qualquer coisa. Na maior parte das vezes, tenho alguma coisinha aqui para comer depois do espetáculo. *Et voilà*! Não é nem de longe como minha vida em Paris, ou aquilo que seria de esperar.

Fiz que sim com a cabeça.

Bem, então prepare mais um drinque para mim.

Quando voltei da copa, ela prosseguiu. Você não entende como é. Por que deveria entender? Tem sua celebridade. Todo mundo quer ter um escritor famoso em sua mesa. Antigamente você conhecia tanta gente que algumas daquelas pessoas devem continuar vivas. Aposto que desejam se mostrar gentis com você. Continua a escrever?

Respondi que estava escrevendo — ou tentava escrever.

Então você tem seu trabalho. Eu não tenho nada. Ele tomou tudo de mim.

O martíni havia me relaxado. Efeito da bebida ou da catarata, que eu havia concordado em retirar no final do verão? Aquela senhora idosa que dizia tantas coisas desagradáveis, uma depois da outra, tão diferente da jovem que eu havia conhecido e de quem gostava, parecia muito distante; eu a via de maneira indistinta, como se estivesse atrás de uma cortina maravilhosamente diáfana. Além disso, será que a ouvia direito? Quem sabe eu tinha entendido mal, por não estar prestando atenção suficiente. Ergui as sobrancelhas e balancei a cabeça, na esperança de limpá-la.

Philip, você sabe muito bem de quem estou falando, disse Lucy muito séria. Você nunca foi tolo, portanto não se faça de tolo. Refiro-me ao sacana do Thomas Snow. Ele pegou tudo o que desejava e me deixou sem nada. Sim, tomou tudo o que desejava. De mim. Ponha isso em sua cabeça. Sexo. Eu já devo ter contado isso para você mil vezes. Ele era maníaco por sexo, sem ter nenhum dom para o sexo. Talvez ele nunca tivesse ido embora se eu o deixasse fazer comigo todas as coisas que queria. Dinheiro. Este apartamento era exatamente o tipo de apartamento que ele achava que devíamos ter, e tratou de vir morar aqui assim que se mudou para Nova York. Você sabe que paguei por este apartamento. Toda a mobília, todas as coisas bonitas eram minhas. Você acha que morar neste lugar, cercado por móveis e retratos da família, não ajudou a carreira do Thomas no Kidder? Ou as festas que demos aqui para seus preciosos clientes e para o pessoal do trabalho dele? Broncos e caipiras toscos! E a casa em Little Compton que foi da família de minha mãe por gerações? Thomas deu um uso para ela nos fins de semana e durante as férias, e o tempo todo aqueles horríveis parentes dele tornavam a casa um lugar inabitável. Pode imaginar ter o papai e a mamãe Snow e todos os primos dele na porta vizinha à sua? Um oceano não seria largo o bastante. E o Jamie! Foi ideia dele, Thomas achou que devíamos ter um filho para eu ter uma razão para viver. Muito bonito, generoso e tolo. É claro, ele tinha pavor de que eu fosse embora de casa sem um filho! Mas quando Jamie nasceu, você acha que ele moveu um dedo para ajudar? Primeiro andava ocupado demais com os estudos e depois com o trabalho, ou ocupado demais com o serviço que trazia para fazer em casa, ou então estava cansado demais. Mas nunca estava cansado demais para ir a uma festa ou para trepar! Lembra que eu disse em Paris que ele precisava de mim? Olhe para mim, Philip! Pois ele precisava mesmo. Só que não precisava de uma esposa. Precisava de uma prostituta que morasse no emprego, com uma conta bancária gorda, que pagasse as contas dele e ensinasse a ele a viver na alta sociedade. Onde você acha que ele aprendeu todas as jogadas? Com a contadora ou com o dono da oficina de carros?

Escute, Lucy, eu a interrompi. O cara era brilhante. Era até um sujeito bonito. Ele se saiu muito bem, muito melhor do que qualquer pessoa tinha o direito de esperar. Por que não para de alimentar seu rancor? Em vez disso, dê a si mesma o crédito de ter sido uma influência positiva!

Eu deixei o Thomas deitar e rolar e depois sair impune, retrucou ela em tom lúgubre.

O jantar acabou sendo de comida fria: galinha assada e salada de arroz, que ela disse ter comprado na loja que era uma combinação de armazém, peixaria e açougue, onde ela fazia a maior parte das compras, uma salada verde que ela mesma tinha feito, queijo e torta de limão da Payard. Tudo estava na mesa da cozinha, junto com uma garrafa de vinho tinto da Califórnia, que ela me pediu para abrir. Nós nos servimos e levamos nossos pratos e taças para a sala de jantar.

Imagino que tenha se encontrado com ela, disse Lucy depois que sentamos. Não me pergunte quem: é claro que você sabe a quem me refiro: Jane, a celebridade! Provavelmente ela até entrevistou você, portanto você tem pelo menos uma razão profissional para se mostrar amável. Ela parece ser muito divertida. Eu a acompanho na Page Six. É o que ele sempre quis. Alta sociedade. Jamie vai jantar lá toda vez que vem a Nova York, mesmo quando traz a chicana, e ficavam com eles enquanto Thomas estava vivo. Você acha que é correto da parte dela convidar o Jamie agora, depois que o Thomas morreu? Eu acho isso uma coisa cruel e desastrada, ficar martelando todas as vantagens dela.

E acrescentou: Imagino que ela convide você toda hora.

Não pude deixar de rir e lhe disse que duvidava que Jane sequer soubesse que eu estava morando na cidade.

É melhor avisar logo, antes que ela vá para os Hamptons passar o verão, prosseguiu Lucy. Isso se você quiser ser convidado. Ou entrevistado!

Ela ainda tem a casa lá?, perguntei. Como vê, eu não estou mesmo a par das novidades.

É a casa dele, me corrigiu Lucy. Jane teve o bom senso de não casar com Thomas antes de ele ficar rico. Sim, ela ainda tem a casa e fica de badalação com meus velhos amigos, gente que ele conheceu graças a mim. Gente que ele encontrava em Little Compton também, não só o pessoal da cidade e dos Hamptons!

Talvez porque não pudesse mais ignorar a expressão de crescente descontentamento em meu rosto, Lucy interrompeu de modo abrupto seus vitupérios. Depois de um momento de silêncio, ela disse: Está bem, dá para ver que você quer que eu cale a boca. Nesse caso, por que não me serve um pouco de vinho e põe o resto da galinha e do arroz sobre a mesa?

Fiz como ela pediu e durante alguns minutos comemos e

bebemos em paz. Como ela não fez nenhum gesto para tirar a mesa depois que terminamos, peguei os pratos e as travessas, levei para a cozinha e voltei com os pratos de sobremesa, o queijo e a torta.

Isso é bom, disse ela. Não se preocupe com os pratos. A empregada vem de manhã.

Ela não tomava café nem chá, a não ser no café da manhã. Café e chá a deixavam nervosa demais. Mas a cafeteira funcionava e, se eu quisesse café, havia uma lata de Medaglia d'Oro na geladeira. Fazer café na cozinha de Lucy era a última coisa que eu queria. Resolvi me despedir logo depois da sobremesa.

Também não quero café, respondi. Estou com muito trabalho e tenho de fazer deste jantar uma visita breve.

Ela recebeu isso franzindo os lábios e fazendo que sim com a cabeça. Ora, ora, ora, disse ela. Você se mostrou surpreso ao ouvir como as coisas eram ruins entre mim e o Thomas. Acho difícil acreditar que você não tenha enxergado como era um casamento podre e que não tenha percebido o que ia acontecer. Não sabia que eu nunca devia ter casado com ele? Nunca! Quer saber por quê? Suponho que você não se importe com isso. Não se importava naquele tempo e também não vai se importar agora. Você apenas achava divertido, do seu jeito maldoso. E por que não? Você tinha um assento na primeira fila da plateia para assistir à destruição da srta. Lucy De Bourgh. É exatamente o tipo de história de que você gosta. Eu devia ter adivinhado o que você estava pensando.

Respondi que aquilo era um absurdo completo. Eu gostava dela; tinha sido seu amigo na época e ainda era. Na medida em que eu tivera alguma relação tangencial com os fatos de que ela estava falando — na verdade, limitava-se à circunstância de ter encontrado Thomas quando ela me apresentou a ele em Paris —, tratava-se de uma história muito antiga, da qual eu tinha uma lembrança apenas vaga. Mais tarde, em Nova York, quando ela e Thomas continuavam juntos, nossos contatos haviam sido superficiais. Um pequeno número de festas e jantares bastante agradáveis. E só isso!

Ora, ora, ora, disse ela mais uma vez. Então você acha que isso é tudo o que sabe. Gostaria de saber mais? Ouvir minha história para satisfazer sua curiosidade profissional? As famílias decadentes da Nova Inglaterra não são um tema interessante para você? Você ganhou dinheiro escrevendo sobre nós.

Fiz que sim e disse: É claro.

É uma história comprida, retrucou Lucy, mas não é maçante, e eu tenho muito tempo à disposição. Podemos começar já.

Olhei para o relógio de pulso. Passava das dez. Será que ela achava que tinha de me prender ali naquele instante, pois do contrário eu nunca mais voltaria?

De fato, eu quero ouvir qualquer parte da história que você quiser contar, falei. Como seu amigo, não como algum tipo de etnógrafo, mas na verdade não posso ficar até muito tarde.

Nesse caso, vamos deixar tudo isto sobre a mesa e vamos para a biblioteca, respondeu ela. E vou tomar mais um copo grande de uísque com soda: como o que você preparou para mim antes, só que mais forte.

Fui para a cama quase imediatamente depois de chegar em casa. O drinque de uísque e soda se transformara em três para ela e dois para mim. Talvez por já não estar mais habituado a beber depois do jantar, dormi mal. Na manhã seguinte trabalhei durante três horas, mais ou menos, sem chegar a lugar nenhum. Minha prosa saiu sem graça. Não tinha inspiração. Quando entreguei os pontos, já era hora do almoço. Mais uma vez o tempo estava perfeito. Resolvi deixar de lado o queijo e o salame que eu tinha na geladeira e, em vez disso, comi um sanduíche de ovo e salada numa cafeteria na Columbus Avenue. Depois fui ao parque e sentei num banco onde meu rosto ficasse virado em cheio para o sol. Pensamentos sobre o monólogo de Lucy me oprimiam. Aquela garota linda, inteligente, diabolicamente engraçada, sempre a postos para qualquer nova emoção, tinha dado com os burros n'água. Balancei a cabeça, como se esse gesto pudesse me libertar do passado, e olhei em redor. O parque, como eu havia observado toda vez que me via ali, desde meu regresso da França, parecia fresco e bem tratado, um estado que, não muito tempo antes, podia parecer algo inatingível. À sua maneira, era tão bom quanto os melhores jardins públicos franceses. Num banco do outro lado da alameda, num ângulo de quarenta e cinco graus em relação ao lugar onde eu me achava, estava sentado um jovem casal de hispânicos. A garota era bonita, mas me senti repelido pela barba curta e pontuda de seu companheiro. Estavam se beijando profundamente, ou ignoravam minha presença ou eram indiferentes a isso.

Uma grande tristeza baixou sobre mim. Lucy estava velha; eu estava velho; Thomas e Bella estavam mortos, assim como tantas outras pessoas cuja presença antigamente eu tinha como algo certo e seguro. Corpos que apodreciam no lugar onde aquelas pessoas tinham sido enterradas, ou já absorvidos pelo barro, as cinzas de outros espalhadas aqui e ali. Eu havia enterrado Bella no Cemitério de Montparnasse, em Paris, junto de sua mãe e de seus avós. O pai dela, ainda vivo aos noventa e um anos quando ela morreu, foi unir-se a eles três anos depois. Mesmo que houvesse um lugar no jazigo, do que eu não tinha certeza, não havia mais ninguém a quem eu pudesse pedir que depositasse meus restos mortais também ali. Eu não conseguia admitir a ideia de sobrecarregar meu primo Josiah com os transtornos de um enterro transatlântico. Eu seria cremado, uma tarefa que o advogado que guardava meu testamento no cofre ou alguém que trabalhava em seu escritório poderia resolver sem grande esforço. Se meu primo Josiah estivesse vivo, enterraria minhas cinzas no jardim da casa de Sharon, que eu ia deixar para ele, ao pé do enorme rododendro diante da janela do escritório de Bella. Se ele morresse primeiro, talvez uma de suas filhas ou netas cuidasse disso. O medo da morte não me perturbava e eu não me preocupava mais com a confusão que ia deixar para trás: manuscritos e arquivos, lembranças e outros míseros pertences pessoais. Meus papéis iriam para a biblioteca de uma universidade que aceitara abrigá-los. O resto podia ser jogado aos quatro ventos. Assim, chegar a uma idade avançada, coisa que eu temia, não tinha sido um grande problema. Exceto por meu quinhão completo de doenças infantis, resfriados que duravam cada vez mais tempo e uma bronquite detestável há alguns anos, eu nunca ficara doente. Com a ajuda de uma eventual injeção de esteroides no traseiro, eu ainda conseguia ir a pé para a maior parte dos destinos a que eu queria chegar, e a passos ligeiros. Minha memória não sofrera danos. Os óculos de leitura se tornaram uma necessidade, a catarata era um desdobramento recente que eu iria enfrentar em breve e eu tinha perdido um pouco da acuidade auditiva. A perda irremediável era do ardor. Meus esporádicos acasalamentos com uma ou outra senhora relativamente atraente, após a morte de Bella, tinham sido reações pavlovianas a estímulos invariáveis: a disponibilidade da dama e a facilidade da transação. Levei todas aquelas relações a um fim breve e, assim esperava, digno.

Enquanto eu perseguia tais pensamentos, podia ver com o canto dos olhos que os jovens amantes estavam fazendo progressos. A mão do homem estava enfiada na blusa da moça. Ela havia virado; as pernas nuas estavam em cima das coxas do homem. Os olhos de ambos estavam fechados. Sussurrei com inveja: "Sua alma desejosa transpira/ Por todos os poros com fogos prementes...". Como que em resposta a algum sinal, os dois se ergueram de um salto e, de mãos dadas, seguiram às pressas rumo à saída do Central Park Oeste.

4.

Quando ela voltou de Paris e encontrou Thomas na festa de casamento de seu irmão John, disse Lucy na noite anterior, depois que fomos para a biblioteca, havia ficado claro para ela que tudo estava terminado entre os dois. A coisa estava condenada. Claro, Lucy poderia ter lhe dito ali mesmo, na hora, porém havia coisas demais acontecendo com ela e rodando dentro de sua cabeça e não se sentia capaz de encarar a discussão e as explicações. Além do mais, ela não precisava. Dali a dois dias, na segunda-feira de manhã, ela ia voltar para Paris; então, assim que fechasse o apartamento e refizesse as malas, partiria para Genebra. Durante o jantar após a recepção, Thomas implorou que Lucy o levasse às escondidas para o quarto dela e o deixasse passar a noite com ela, mas Lucy negou. Mesmo se sentisse desejo por ele, o que não era o caso naquela noite, estava morta de cansaço e não gostava da ideia de Thomas sair sorrateiramente pelos corredores de manhã. A casa estava cheia até o telhado; ela ia correr o risco de fofocas embaraçosas e de um bate-boca com a mãe. Mas Lucy acabou concordando em encontrar Thomas na manhã seguinte nas dunas. Tudo o que ele queria era sexo, em qualquer lugar e a qualquer hora. Ele nunca enfiou na cabeça que tinha de fazer sexo de um modo que ela precisasse dele, precisasse dele da mesma forma como precisamos de comida e de bebida. Ele era um capão hipersexual! Como de costume, ele gozou depressa demais e tentou compensar continuando a função por muito tempo. Não adiantou. Ela se sentia distante — distante e alheia — do que ele estava fazendo com seu corpo e dentro de seu corpo. O esquisito era que ele não percebia nada disso. Ao que parece, Thomas preferia quando Lucy ficava passiva e apenas o deixava concentrar-se em si mesmo, o que afinal era exatamente o que ele queria fazer.

Você não foi convidado para o casamento, prosseguiu Lucy, não havia motivo nenhum para ser convidado, mas se como romancista você quisesse ter uma ideia de como essas coisas se passavam, aquele era um casamento a que você deveria ter comparecido. Edie, a palermazinha com quem meu irmão John casou, era órfã desde os dez anos de idade, quando os pais e o piloto morreram numa viagem de uma das Ilhas Virgens Britânicas para outra, num absurdo avião monomotor, e os primos que eram seus guardiões ficaram muito felizes por meus pais terem promovido a festa de casamento no casarão em Bristol. Não que uma recepção em San Francisco fizesse sentido. Edie tinha estudado em Miss Porter e em Smith e todas as amigas dela estavam na Costa Leste. Como John era o herdeiro, os pais afastaram todos os empecilhos. A casa, o gramado, o jardim nunca pareceram tão bonitos. Lester Lanin em pessoa compareceu e fez um breve discurso em que disse ainda lembrar-se do tempo em que tocara na recepção de casamento de meus pais, que foi um dos primeiros grandes eventos sociais em que ele tocou. O Veuve Clicquot fluía como um rio. John Chafee e Claiborne Pell estavam presentes. Em vista da competição que havia entre ambos, aquilo era um verdadeiro feito e dizia muito a respeito da habilidade de papai. John Kennedy e Jackie Kennedy cancelaram a presença na última hora, mas Lee veio e o presidente mandou um telegrama que papai leu, depois de um toque de fanfarra. Naturalmente toda a família e os velhos amigos da família se achavam presentes, bem como um vasto contingente de San Francisco e dos amigos de John em Harvard. Seu amigo Alex van Buren estava lá, com a esposa, aquela medonha Priscilla, e o resto do clã Van Buren. Somando tudo, foi uma festa realmente memorável. No entanto, para onde quer que eu olhasse, quem eu via? Thomas Snow com o blazer azul que eu havia comprado para ele na Europa e, com sua licença, uma calça branca qualquer. Talvez até fosse de flanela. Pode imaginar como todos eles encaravam aquele pirralho alvoroçado vestido desse jeito? Ele chamava atenção descaradamente. Ninguém podia deixar de perceber.

Meu Deus, pensei, o que ela esperava? Já não era crescida o bastante, quando o conheceu, para saber que ele não era do seu meio?

Acho que você quer dizer, comentei, que ele não combinava com o ambiente. Por que isso lhe causou alguma surpresa ou deu razão para decidir que a "coisa" estava condenada?

Você não entende, retrucou Lucy. É exatamente o contrário. Ele combinava muito bem com o ambiente. Ele estava agradando a torto e a direito e todos ali adoraram aquilo. Adoraram o Thomas, até meus pais e o John. Quanto ao próprio Thomas, ele estava no sétimo céu. Desde o início tinha compreendido que podia me usar e estava comprovando que tinha razão. Detestei aquilo tudo. Pude ver que aquilo era só uma prévia de meu futuro, se ficássemos juntos.

Vocês romperam de verdade?, perguntei. Outro dia, quando eu recordava os velhos tempos, lembrei, e tenho certeza de que lembrei com precisão, que esbarrei com Thomas em Cambridge durante a primavera do primeiro ano dele na Business School. Ele me contou que você estava em Genebra, mas sem dúvida ele não me deu a impressão de que tudo entre vocês havia terminado.

Não, retrucou Lucy, como eu disse, eu não tinha contado para ele. Apenas tratei de ficar longe e não deixei que ele fosse para Genebra. Onde ele iria arranjar o dinheiro para fazer a viagem é outra questão. É provável que tentasse me pedir emprestado. Eu simplesmente não era capaz de aguentar o Thomas. Era uma época ruim para mim, muito ruim mesmo.

Ela começou a soluçar, mas quando fui para o canto do sofá e dei umas palmadinhas em seu ombro, ela rechaçou minha mão com raiva e me disse para lhe trazer um drinque e também as castanhas misturadas que estavam na estante da copa. Quando voltei com o uísque e as castanhas, descobri que ela já havia se recuperado. Aproveitei a calma para fazer a pergunta óbvia. Portanto, o que aconteceu depois foi que você mudou de ideia e resolveu casar, não é?

Não foi tão simples assim, respondeu, e por sua vez Lucy me fez uma pergunta. Por acaso você conheceu o Hubert Brillard, o jornalista suíço? Ele ia a Paris constantemente. Muito suíço, muito aristocrático, muito bonito?

Fiz que sim com a cabeça. Eu me lembrava dele, de fato. Era um superariano que eu encontrava de vez em quando, sem trocarmos nada mais do que um cumprimento superficial, em almoços oferecidos pela editora de meu amigo Guy Seurat. Brillard era sempre o convidado de um romancista da moda, que tinha simpatia pelo movimento Algérie Française e que Guy publicava, dizendo que o talento do sujeito permitia que fossem perdoadas suas opiniões políticas. Alguém, talvez Guy, me dissera que o pai de Brillard tinha sido um importante político direitista suíço.

Ele era o principal colunista e o astro da editoria de política do *Journal de Genève*, disse Lucy, que na época era uma publicação importante. Conheci Hubert em Paris, quando eu ainda trabalhava na *Vogue*, num jantar oferecido pelo sujeito que dirigia a sucursal da *Newsweek* e sua esposa. Sentei ao lado de Hubert. Ele se ofereceu para me levar em casa e, no caminho, me disse que era casado e tinha duas filhas pequenas. Você sabe como eu era na época. Pois bem, pedi para ele subir ao apartamento comigo para tomarmos um drinque e, assim que entramos, eu o agarrei. Eu sabia o que estava fazendo. Ele fez amor como um deus — ninguém jamais trepou comigo daquele jeito. Pelo menos, de lá para cá. Mais tarde ele explicou que aquilo tinha a ver com o fato de ter feito parte da equipe olímpica de esqui da Suíça. O treinamento lhe dera um controle total sobre o próprio corpo. Ele ficou em Paris pelo resto da semana e todas as noites fazíamos amor até o sol nascer. Mais tarde, inventava motivos para ir a Paris para me ver. Eu nunca sabia de antemão. Hubert me telefonava bem tarde e dizia: *J'arrive*. Depois de seis meses assim, ele me disse que lamentava muito, mas tinha de parar. Uma de suas filhas estava indo mal na escola; sua esposa estava dando sinais de desconfiança; ele não chegou a dizer que se sentia culpado, mas era isso que eu devia entender. Fiquei intoleravelmente triste. Era o início do outono. Em parte por causa de Hubert, eu não tinha ido para casa no verão e assim, na falta de outro plano, fui para Bristol. Seu caro amigo Alex trepava comigo quando eu ainda estava em Farmington e continuou depois, quando eu estudava em Radcliffe. Ele me fazia viajar até Nova York, ou então ele mesmo ia para Boston. Quando John me contou que Alex estava na Business School, resolvi visitá-lo. Qualquer coisa era melhor do que ficar apodrecendo em Bristol e jantar com meus pais, John e Edie. Alex estava morando num dormitório da Business School, como todo mundo, mas como era o Alex, também tinha à disposição um pequeno apartamento em Beacon Hill. Era lá que ele me fez ficar. A gente teve bons momentos e eu começava a pensar que talvez fosse assim que as coisas deveriam mesmo ser, quando, sem mais nem menos, ele me disse que ia casar com Priscilla Baldwin. Aquela piranha com cara de cavalo! Ela estava uma série mais adiantada do que eu em Farmington. Todo mundo a detestava e fazia caçoada de sua bunda gorda. O engraçado mesmo é que Alex e ela ainda continuam casados. Seja como for, Alex me deu Thomas como um presente de despedida. Ele deve ter morrido de rir.

Lucy estendeu seu copo vazio.

Preparei para ela um grande drinque de uísque com soda e voltei para o meu canto do sofá.

É claro que Thomas não entendeu, recomeçou Lucy. Achou que Alex era um cara fantástico que estava fazendo um grande favor para ele. Eu também não entendi; não percebi que era um presente envenenado. Tudo que eu sabia era que eu não tinha sido deixada de mãos vazias e, para variar, alguém me amava e nunca se cansava de ficar comigo. Não sei o que foi que ele contou para você sobre aquela viagem à Itália, mas certamente não ia dizer o que vou dizer agora. Quando ele dirigia o carro, deixava apenas uma mão no volante e a outra punha entre as minhas pernas. Ele me deixava louca de medo. Às vezes eu tinha de dizer para ele parar o carro na beira da estrada e deixava que trepasse comigo no banco de trás. Era uma espécie de obsessão. Sua ignorância sobre quase tudo era espantosa. Nunca vou esquecer que, quando vimos a crucificação de Bellini em Uffizi, tive de lhe explicar quem eram os outros dois sujeitos pregados nas cruzes à direita e à esquerda de Jesus. O dono da oficina de carros e sua esposa não iam à igreja, por isso Thomas não estudou o catecismo. Mas reconheço um mérito nele: quando eu lhe dizia uma coisa, aquilo ficava gravado em sua memória, mesmo que preferisse esquecer que tinha sido eu que lhe havia ensinado. De todo modo, quando nossa turnê italiana acabou, fomos de carro para Paris e foi lá que nos despedimos. Embora eu estivesse em dúvida se devia mesmo convidá-lo, fui em frente e convidei, e assim íamos nos reencontrar no casamento de meu irmão. Ele sabia que eu não tinha resolvido quanto tempo ia ficar nos Estados Unidos, e lhe disse que não havia nenhuma possibilidade de eu aceitar um emprego em Cambridge ou em Boston ou qualquer coisa desse tipo. A única maneira de eu viver com você, eu lhe disse, é se formos casados, e você não está preparado para isso. Era uma tarde muito quente e nós estávamos atravessando o jardim das Tuileries depois do almoço. Eu estava só brincando com ele — não tinha a menor intenção de casar com ele —, mas achei que seria engraçado ouvir o Thomas protestar e argumentar que não era verdade. Só que ele não fez isso. Acho que ficou aliviado. Ele morria de medo de eu dizer que queria casar.

Mas aí aconteceu o inesperado. Eu ainda estava em Paris, o plano era pegar um navio no fim da semana, quando o Hubert telefonou, como sempre no meio da noite, para que eu mesma atendesse e não a secretária eletrônica. Uma vez ele explicou que não gostava de deixar vestígios. Quando ouvi sua voz, derreti. Literalmente. Eu não estava me tocando nem nada, mas fiquei molhada. Com aquele vozeirão de barítono, ele disse: Quero você, você tem de ir para Genebra. A esposa estava de mudança para Zurique para ficar perto dos pais; as filhas estavam num colégio interno; ele precisava de mim. Estava se divorciando. Não que nada daquilo importasse. Se ele dissesse para eu faltar ao casamento do John, eu faltaria. O que estou dizendo? Se me dissesse para eu sair de casa e ir para a rua de camisola e me exibir nua nos bulevares, eu teria obedecido. Não existia nenhum gesto de auto-humilhação que eu não fizesse para cumprir suas ordens. Mas ele foi muito gentil e, em vez disso, falou que, como estava claro que eu tinha de ir para Bristol, ele mesmo iria para Paris. A única coisa que pediu foi que eu me mudasse para Genebra assim que fosse possível. Nos três dias seguintes em Paris, ele fez de mim sua escrava. Lembra como eu fazia o maior barulho quando gozava? Com ele, eu uivava.

Dirigi o Mercedes para Genebra com a capota abaixada durante a maior parte do percurso, cantando antigas canções de acampamento e *spirituals*, imaginando minha vida com Hubert. Ele tinha dito para eu encontrá-lo no Hôtel des Bergues. Acontece que ele havia reservado um apartamento no hotel, no último andar — um quarto e uma sala mais ampla, ambos com vista para o lago. Eu me perguntei como iríamos nos adaptar ali, já que eu sabia que ele gostava de trabalhar em casa, mas no final entendi que não era para nós dois. Era só para mim. Até o processo do divórcio chegar ao fim, ele continuaria a morar em sua antiga residência. Era o que o advogado recomendara. Assim, entramos numa rotina. Eu saía para dar longas caminhadas pelo lago e na cidade fria. Alguns dias eu pegava o carro e ia para o campo, ora de um lado do lago, ora do outro. A maior parte das noites, jantávamos em minha sala de estar; a comida era trazida pelo serviço de quarto do hotel. Se estivesse sozinha, comia no restaurante do hotel. A comida era boa, especialmente os pratos suíços. Hubert tinha de comparecer a uma porção de eventos e jantares, boa parte por causa de seu trabalho, e na maioria das vezes não me convidava para acompanhá-lo. Por mim, estava tudo bem. Os amigos dele se mostravam educados, mas sem entusiasmo, e eu não sabia muito bem o que eles achavam do fato de Hubert ter me levado com ele ou de eu estar morando em Genebra sem nenhuma ocupação visível. Hubert dizia que bastava me apresentar como jornalista americana. Eu achava que devia ter uma explicação mais sólida, uma explicação que eu pudesse dar também para meus pais, e ele então veio com a ideia tola de que eu estava trabalhando num artigo extenso, que poderia vir a dar num livro, sobre Mme. de Staël e seus anos em Coppet. Ele me deu uma biografia que li rapidamente a fim de parecer mais ou menos inteligente, e ela começou a me interessar, mas no fundo eu não ligava. A única coisa que contava eram as noites — toda noite — que ele passava comigo. Hubert me fazia implorar, fingir que era uma puta desesperada e implorar por tudo e cada coisa que eu queria que ele fizesse. Eu tinha de dizer com todas as letras o que era para fazer. Era um transe de satisfação sexual. Continuamos assim até pouco antes do Natal, quando ele me disse que ia passar a véspera do Natal e o dia do Natal em Zurique, com a esposa e os filhos. Era o que Brigitte — esse era o nome da esposa — e ele tinham decidido ser o mais prudente a fazer. Não queriam que as meninas ficassem abaladas. Então, no dia seguinte ao Natal, ele iria levá-las para esquiar em Zermatt, até o fim de suas férias escolares. Berrei com ele. Não conseguia parar; continuei a gritar, até que ele me deu um murro, e foi embora batendo a porta, sem dizer nenhuma palavra. Achei que ele tinha quebrado meu nariz. O sangramento foi tão grave que eu não conseguia estancar, embora tentasse tudo, apertasse o nariz, pusesse gelo. Por fim telefonei para o pessoal do hotel e eles mandaram o médico, um homem simpático e gorducho que me acudiu na mesma hora, encheu meu nariz de gaze e me deu umas pílulas de Miltown e Seconal. Nem precisei contar para ele o que tinha acontecido. Deu uma olhada para mim, balançou a cabeça e disse: *Ah, les hommes*...

Ela parou e disse: Não tenho certeza de que vou conseguir continuar. Traga-me um drinque e, pelo amor de Deus, tome um também. Você me deixa nervosa aí parado feito uma empregada velha. Por acaso entrou para os Alcoólicos Anônimos ou algo assim?

Ela sorveu a dose de uísque que eu trouxe e estendeu para

mim o copo vazio. Fiz mais uma viagem à copa e voltei de lá com um copo de uísque com soda e, desta vez, uma latinha com macadâmia. Isto é bom, disse ela. Nosso jantar não foi lá grande coisa. Vou abreviar o resto desta parte da história. Ele não telefonou na manhã seguinte. Nenhum pedido de desculpa, nenhum recado, nada de flores. Só um silêncio sem misericórdia. Eu não tinha um único amigo em Genebra, ninguém a quem apelar. De todo modo, se existisse alguém assim, o que eu teria dito, o que essa pessoa poderia fazer? Eu me sentia humilhada e nunca me sentira tão absolutamente sozinha. Sempre vivera cercada por pessoas durante as férias; eu sempre fazia parte de alguma celebração; como eu poderia esconder minha vergonha? O que eu ia dizer, quando voltasse para casa? Uma coisa que imaginei foi o seguinte: disse a meu pai que estava em St. Moritz esquiando e ia voltar na véspera do Ano-Novo, se conseguisse dar um jeito. Sim, eu estava me divertindo muito. Ele não pensou em me pedir um número de telefone para o qual pudesse ligar para falar comigo. Em especial, eu não queria fazer papel de palhaça diante do pessoal do hotel — eram eles que importavam, naquela altura —, portanto me veio a ideia de pedir à recepção do hotel que reservasse para mim uma couchette no trem noturno para Paris. Foi lá que eu disse que ia passar as *fêtes*. Na verdade, eu não tinha certeza se iria mesmo a Paris, me entrincheirar no apartamento ou fingir que estava doente e ficar na cama até o Ano-Novo. Outro plano me veio à cabeça e não conseguia me livrar dele. Era me jogar pela escada do hotel, que era atapetada, e fingir que tinha caído. Simularia uma concussão ou algo assim. Naquela altura, era tarde e eu tinha chorado, e ainda por cima estava com fome. Mandei trazerem o jantar para o quarto. Quando tiraram a mesa, pedi ao garçom que deixasse o vinho e minha taça e trouxesse mais uma garrafa do mesmo vinho. Lembro muito bem. Era um Fendant de Sierre que eu havia pedido para acompanhar o peixe de água doce que eu havia comido naquela noite. Vinho branco sempre me fazia dormir, mas nada aconteceu. Continuei ali sentada, bebendo e chorando. Por fim, tirei a roupa, tomei um banho quente, vesti meu pijama, fui para a cama e tomei um Seconal e um Miltown junto com o resto do vinho. Isso não deu resultado e eu estava resolvida a ter uma boa noite de sono, por isso tomei outro Seconal. Em retrospecto, o que aconteceu depois está bem claro, embora eu não tenha nenhuma lembrança de como aconteceu. Devo ter andado enquanto dormia, porque na manhã seguinte, por volta das seis horas, a arrumadeira do hotel me encontrou esparramada na escada. Por sorte, estava inconsciente. Eu tinha quebrado a perna, a dor seria insuportável e não viria nenhum socorro, por mais alto que eu gritasse. O hotel estava quase vazio por causa das férias que se aproximavam. Meu problema de fazer papel de palhaça ficou mais ou menos solucionado: eu não era a dama que não tinha para onde ir no Natal; eu era a dama que tinha bebido Fendant demais. Não me importava com isso. Fiquei no hospital. Quando voltei com meu gesso grande e grosso, o médico gorducho arranjou enfermeiras para me ajudar. Dormiam num colchonete dobrável estendido na sala. Recusei-me a ficar numa clínica. No início, a psicoterapeuta ia ao hotel. Depois a enfermeira me levava até lá. Papai obrigou mamãe a vir para ver como estava a situação. Ela logo percebeu que eu estava bebendo demais, brigou, berrou comigo, ficou falando que, se eu não me internasse na clínica para que cuidassem de minha perna e de minha bebedeira, eu não seria uma pessoa bem-vinda em Bristol. E também falou que iriam segurar meu dinheiro, algo que eu sabia que não podiam fazer, por causa dos fundos. Não era a primeira vez. Quer dizer, ela já havia me posto para fora de casa antes, quando me meti numa encrenca no meu último ano em Farmington e não deixou que fosse à formatura. O diretor temia que eu corrompesse as outras garotas! Por isso mandei mamãe ir se foder.

Hubert acabou aparecendo certa noite, frio feito um pepino, deu uma boa olhada em mim, disse que eu estava muito desleixada, *Tu t'es vraiment laissée aller, ma vieille*, e perguntou se minha cuidadora — a enfermeira havia se retirado discretamente do quarto — estava sempre presente. Não haveria um jeito de mandá-la dar uma volta, esticar as pernas, *se dérouiller les jambes*? Não era difícil entender sua ideia: ele achava que eu estava subfodida. Um pouco de sexo me poria em forma outra vez. Eu andara bebendo tacinhas de Fenant e o sentimento de repulsa que ele me havia inspirado de início aos poucos deu lugar a uma necessidade imperiosa e monstruosa de ser usada por ele, de descer ainda mais fundo na humilhação. Chamei Mme. Berthe e disse que aquele monsieur ia ficar para jantar. Eu a veria de novo de manhã. Ela disse, *Bien, madame*, e saiu. Eu vestia um penhoar comprido de seda; era mais fácil ficar vestida assim em casa, com o gesso na perna. Vestir-me para ir à fisioterapia era uma produção. Eu estava sentada num sofazinho — acho que se podia chamar aquilo de namoradeira. Ele não tentou me despir. Apenas abriu minhas pernas, levantou a perna boa, de modo que meu pé ficou apoiado no assento, abriu a braguilha e me penetrou. Existe uma pintura de Balthus de uma garota sentada num sofá desse tipo, de pernas abertas. Jamais consegui ver essa pintura sem me sentir de novo naquele quarto com ele dentro de mim sem me molhar toda, do jeito que ele sempre sabia como me deixar molhada. Isso estabeleceu o padrão. Nenhuma simulação de amor, nenhuma conversa acerca de seu divórcio nem sobre como viveríamos juntos. Ele telefonava pouco antes de chegar, então eu mandava a enfermeira embora; às vezes — raramente — ele ficava para jantar, mas na verdade a questão era aliviar-se, como quando precisava ir ao banheiro.

Não, eu não queria terminar aquilo. Não tenho certeza de que eu saberia como fazer para terminar. Mas sabia que eu não estava bem e que não ia melhorar. Não estou falando da minha perna; ela estava melhorando. O gesso grande tinha sido retirado e eu usava agora uma versão mais leve, só para me escorar. Estou falando de mim mesma; eu não estava bem por dentro. Havia uma pessoa que eu conhecera um pouco em Genebra, um psiquiatra americano casado com uma suíça que dava aulas sobre literatura americana dos séculos XVIII e XIX na Universidade de Genebra. Eu encontrara o casal em algumas festas. Bill — era o nome dele — também lecionava na universidade sob algum tipo de contrato. Acho que por isso ele tinha autorização para praticar psicanálise, embora não pudesse prescrever medicamentos e coisas assim. Mas analisar, afinal, era tudo o que ele fazia. Bill me impressionara por sua inteligência e era bom poder falar com ele em inglês, quando estávamos rodeados por todos aqueles suíços. Por isso telefonei para ele e disse que eu estava com um grande problema. Concordou em me ver. Depois de nos encontrarmos algumas vezes, ele me disse que eu não estava em condições de começar a fazer análise, o que em todo caso significaria comprometer-me a ficar em Genebra por mais tempo do que eu pretendia — com base naquilo que eu lhe dissera —, mas ele ia tentar me ajudar até o fim da reabilitação e da fisioterapia. Bill não me livrou da bebida nem das pílulas para dormir, nem me fez parar de prestar serviços ao Hubert, mas apenas me tornou capaz de falar e falar — acho que pela primeira vez na vida —, sem ter de tomar todo o cuidado com o que dizia.

Hubert saiu de minha vida nos Idos de Março, sem a ajuda de ninguém. Até me pergunto se ele planejou isso de propósito. Ele saiu de cima de mim, enxugou-se no meu penhoar, que depois da primeira vez ele fazia questão que eu usasse, tomou uma dose dupla de uísque e me disse que daquela vez estava terminado de verdade, *Ma petite Lucy, cette fois-ci on se quitte pour de bon*. Brigitte já se mudara para Genebra. Por que não bati com a garrafa de vinho na cabeça dele quando se abaixou para beijar minha mão? Acho que eu estava muito surpresa ou apavorada ou as duas coisas juntas.

Pouco depois Bill começou a me dizer para ir para casa, onde eu podia começar um tratamento de verdade. Respondi que a maneira como eu sentia e encarava Nova York me deixava assustada. Ele sugeriu Boston ou Cambridge. Seu analista didata estava trabalhando em Cambridge. Se tivesse vaga em sua agenda, disse Bill, ele seria uma boa indicação. Pensei naquilo e passei a fazer mentalmente um quadro de minha vida em Cambridge ou talvez em Beacon Hill, de tal modo que me enchi de nostalgia e de saudade de um lugar que eu conhecia, mas onde ninguém iria dar em cima de mim, onde não haveria nenhuma complicação, onde eu não teria de lidar com suíços nem com franceses. É engraçado: claro que eu sabia que Thomas estava na Business School. Eu continuava a receber cartas dele, mas não conseguia montar as peças do quebra-cabeça e não me dava conta de que ele era alguém que com toda a certeza ia dar em cima de mim. Não que isso fosse fazer alguma diferença. O dr. Reiner podia assumir meu caso. Alguém na companhia fiduciária, que cuidava de meus fundos, arranjou um apartamento para mim em Louisburg Square, com uma entrada privativa pelos fundos, no térreo, e com o direito de usar o jardim, e me mudei em maio. A recomendação que o dr. Reiner me fez foi devastadora, mas eu estava tão abatida que não consegui nem discutir: Você precisa se internar na clínica McLean. Quando estiver livre da bebida e menos histérica, vamos trabalhar juntos. Assim fiz.

Mais uma vez, ela estava chorando. Quem era eu para criticá-la ou para dizer que parasse de chorar? Saí da biblioteca na ponta dos pés, fiz para ela outra dose grande de uísque com soda e uma outra, só um pouco mais fraca, para mim.

Tome aqui, falei, você e eu precisamos disso.

Ela parou de chorar e disse: Vou fazer xixi. Volto num minuto. Tem um banheiro que você pode usar no foyer.

Depois que voltou, ficamos bebendo em silêncio durante alguns minutos. Então ela disse: Mesmo essa parte da história é mais comprida do que eu havia imaginado. Vou terminar em poucas palavras. Consegui ser liberada da clínica McLean lá pelo final de agosto, pouco antes de o dr. Reiner voltar de Cape. Começamos o tratamento e eu fazia uma caminhada diária até seu consultório, numa casa na esquina de Sparks com Highland, em Cambridge, que era onde ele também morava. Se a gente se dá bem com o analista, às vezes há uma fase no início do tratamento em que a gente até se surpreende por estar se sentindo tão bem. Foi o que aconteceu comigo. Conheci uma mulher quando eu ainda estava em Radcliffe que era uma editora importante na Houghton Mifflin, que mais tarde publicou *O pássaro pintado*. Ela havia sido muito simpática comigo e disse que eu a procurasse, caso quisesse trabalhar no ramo editorial. Consegui tomar coragem para entrar em contato com ela; lembrava-se de mim e me pôs para trabalhar, de início lendo manuscritos e mais tarde fazendo a preparação de originais. Aconteceu que eu me saí bem no serviço; nunca houve nenhum problema com meu inglês. Todos nós na família falamos bem e sabemos escrever em prosa clara — até mamãe e meu irmão John. O único problema com eles é que não têm nada para dizer.

E agora estou cansada de verdade, disse Lucy. É melhor você ir para casa.

5.

Um bilhete manuscrito agradecendo Lucy pelo jantar e dizendo que eu ficara profundamente comovido com tudo o que ela me contara sobre Genebra pareceu-me mais gentil e mais amigável do que um e-mail. Na manhã seguinte, dei uma caminhada a passo ligeiro pelo parque, um hábito que eu tentava me impor, tomei banho e escrevi para Lucy. O prédio de apartamentos dela ficava perto o bastante da NY Society Library, onde eu pretendia passar a tarde fazendo uma pesquisa, para me fazer decidir ir até lá a pé e deixar a carta em mãos, em vez de mandá-la pelo correio. No entanto, depois que o porteiro examinou o envelope, declarou que a sra. Snow tinha viajado para o campo. E colocou minha carta junto com o resto da correspondência de Lucy. O fato de ela não ter mencionado sua partida iminente me pareceu muito estranho, mas o adiamento era bem-vindo. Eu não precisaria revê-la tão cedo. Naquela noite, mandei-lhe um e-mail dizendo que uma carta de verdade já estava a caminho e lhe desejava um bom verão. Ela respondeu imediatamente, explicando que havia partido às pressas para Little Compton por causa de uma reunião de emergência na prefeitura para discutir uma proposta para alargar uma estrada próxima de sua propriedade e que voltaria depois do fim de semana. O porteiro era um idiota: na certa tinha segurado a correspondência de Lucy, em vez de encaminhá-la. Ela telefonaria de manhã para corrigir a situação. Por acaso eu estaria em Nova York quando ela voltasse? Podíamos jantar? Lucy não ia passar o verão no campo agora, só depois do fim de semana do Quatro de Julho. Respondi que eu estaria na cidade e que gostaria muito de vê-la.

Acontece que eu também tinha planos de viajar no fim de semana, para minha casa em Sharon. O corretor de imóveis tinha me garantido que o inquilino a quem eu vinha alugando a casa durante o ano letivo — Peter Drummond, um professor de ciência política em Bard — e seu parceiro, um compositor que eu havia encontrado algumas vezes, sem conseguir gravar o nome, tinham ido embora, deixando tudo na mais completa ordem, como nos anos anteriores. Todavia parecia melhor ir verificar pessoalmente e talvez providenciar uma nova mão de tinta na cozinha, na sala e no meu quarto. Também me ocorrera que, como eu desistira de meu apartamento em Paris e ia morar em Nova York, podia ser agradável ter a casa de Sharon disponível ao longo do ano. Antes de tomar uma decisão final, eu quis descobrir com o corretor quanto iria custar manter a casa aquecida durante o inverno e a grama bem aparada, na comprida e tortuosa entrada para carros. Também estava preocupado com Peter e se ele acharia difícil encontrar outro lugar para morar. Se fosse esse o caso, eu lhe daria pelo menos um ano de prazo. Eu ia partir na sexta-feira de manhã, o que me dava alguns dias para visitar a viúva de Thomas Snow, Jane, um projeto que eu tinha em mente desde quando voltara para a cidade. A história bombástica de Lucy de certo modo havia acrescentado um novo interesse ao projeto. Jane tinha casado de novo, mas eu não conhecia seu marido e na verdade havia até esquecido seu nome. Apesar disso, encontrá-la não poderia representar nenhum problema. O programa semanal de suas entrevistas com escritores, no qual eu já havia sido entrevistado duas vezes, continuava a ir ao ar na televisão aberta. Eu não tinha dúvida de que meu editor assistente tinha o número do telefone do trabalho dela ou então saberia como obtê-lo.

O escárnio de Lucy sobre as visitas de Jamie à madrasta, no entanto, me levou a pensar que muito provavelmente ela continuava a morar no apartamento de Thomas, na Park Avenue, cuja localização, ao sul da rua 72 e no desejável lado oeste da avenida, agora eu me dava conta, devia ser mais uma pedra no sapato de Lucy. Portanto, na manhã seguinte, antes de procurar o jovem na editora ou no Google, disquei para o antigo número de telefone de Thomas e pedi para falar com Jane Morgan. Como era de esperar, em vista da anêmica vendagem de meus dois livros mais recentes, meu nome obviamente não significou nada para a secretária que atendeu e tratou de me deixar mofando numa espera irritante. No final, passei no teste e Jane atendeu o telefone. Ela se mostrou entusiasmada com a ideia de nos encontrarmos e de me apresentar a seu marido, Ned, e se perguntou em voz alta como seria melhor: os três irmos jantar ou ela e eu almoçarmos primeiro *à deux* e relembrar os velhos tempos. Manifestei uma leve preferência pela segunda solução. Meus locais prediletos no Upper East Side tinham todos desaparecido, aparentemente, ou já não eram mais estabelecimentos onde alguém como Jane gostaria de ser vista, mas ela sugeriu um restaurante francês na Lexington Avenue, não muito distante de seu apartamento. Poderíamos nos encontrar lá à uma hora, pois aquele era um dia em que ela não precisava ir ao estúdio. Jane disse que ia providenciar uma mesa bem tranquila.

Ela continuava deslumbrante e não parecia nem um dia

mais velha do que na última vez que eu a vira — nada de surpreendente numa pessoa que certamente sempre cuidara de sua forma física e de sua pele, mas mesmo assim era algo muito confortador e agradável. Eu estava descobrindo que ver pessoas de minha própria idade ou, no caso de Lucy, apenas quatro ou cinco anos mais jovens, me dava pouco prazer. Era muito bom recordar um passado comum, mas o que eu queria de fato era uma ponte com o presente. Dedicamos inevitáveis dez minutos à loucura da aventura no Iraque e mais cinco minutos a John Kerry e sua candidatura promissora, mas estranhamente letárgica. Ned está trabalhando na campanha dele, contou-me Jane. Ele vai se interessar em conversar com você sobre as maneiras como você e outros escritores podem ajudar. Em troca falei para ela que conhecia alguns primos do senador Forbes que tiveram o mesmo tipo de ideia e sentiram-se frustrados diante da dificuldade para obter qualquer outra coisa além do envio de dinheiro.

Ned vai abrir as portas, respondeu Jane. Você tem de vir jantar conosco muito em breve. Melhor ainda, vai passar um fim de semana conosco em Water Mill.

Após uma pausa, ela perguntou como eu andava passando meu tempo, agora que estava de volta a Nova York.

Em primeiro lugar, andando, respondi. Estou quase terminando o primeiro rascunho de um livro.

Um romance?, perguntou.

Fiz que sim com a cabeça, e em resposta ela comentou que tinha lido meu livro mais recente, é claro, e que lamentara muito que problemas de agenda a tivessem impedido de tentar me persuadir a encontrar tempo para lhe conceder uma entrevista.

Aquele tipo de hipocrisia, por ser ao mesmo tempo familiar e abominável, me deixou à beira de uma explosão, porém consegui me controlar. Não fazia o menor sentido estragar aquele almoço e talvez aniquilar qualquer chance de ela se interessar pelo novo romance. Portanto sorri e prossegui o relato de minhas atividades.

Tenho me dedicado a pôr meu apartamento em ordem, falei. Duas jovens parentes, netas de meu primo Josiah Weld, moraram lá por quase três anos. Minha antiga empregada ficou de olho nelas, mas mesmo assim as garotas deixaram vestígios que precisam ser removidos. Fiquei no Harvard Club enquanto isso era providenciado e minhas coisas que tinham sido guardadas num armazém eram levadas de volta para o apartamento. O que mais? Não tenho especialmente procurado companhia, o que não faz grande diferença, uma vez que muito poucas pessoas que eu encontrava em Nova York antigamente continuam a morar na cidade ou, a rigor, continuam vivas e operacionais. Tenho ido ao cinema e fui uma vez ao balé. Foi assim que topei com a Lucy, acrescentei, no balé. Então, há alguns dias, ela me chamou para jantar em seu apartamento... a sós!

Seu sortudo, comentou Jane, falando bem devagar, isso deve ser sido divertido, e muito esclarecedor — sobre Thomas e sobre mim! Fico contente que você tenha resolvido me conceder um tempo equivalente.

Na verdade, respondi, você se saiu de maneira bastante razoável, embora ela de fato desejasse que seus amigos não a tivessem abandonado em favor de você. Mas Lucy tinha mesmo muita coisa a dizer sobre o pobre Thomas.

Que mulher horrível!, disparou Jane. Você não imagina como ela o aterrorizou! Thomas, que dominava qualquer reunião a que comparecesse, que hipnotizava os diretores de grandes empresas, os maiores banqueiros, políticos, ministros, tinha vontade de se esconder, de se agachar embaixo do móvel mais próximo que houvesse, quando Lucy telefonava, e como na maioria das vezes era sobre o Jamie que ela queria falar, não havia meios de Thomas se recusar a atender o telefone. Você sabe como a voz dela é alta. Eu não podia deixar de entreouvir, a menos que eu saísse da sala, e Thomas me fazia gestos desesperados para que eu ficasse. Então Thomas, dizia ela, será que você não entende isso e aquilo? Então Thomas, não se faça de bobo, você sabe que tenho razão, o Jamie precisa disso ou daquilo. Não, não existe outro modo. Ou: Você não percebe como está desestabilizando o Jamie? Ela usava esse irritante palavrório psicológico com ele, como se ela tivesse estudado nos joelhos de Freud, em vez de gastar incontáveis anos e dinheiro no sofá de um psicanalista ridículo em Central Park West. O dr. Peters acha isso, o dr. Peters pensa aquilo, escute Thomas, o dr. Peters está preocupado com a autonomia de Jamie! Eu ficava enjoada só de ouvir essas coisas.

De fato ela me disse que Jamie é um fracasso. É mesmo muito ruim saber disso; recordo que o Jamie era um menino muito simpático e, depois, um adolescente bonito e gentil.

Não deixe que a maledicência dela também faça você se voltar contra o Jamie. Continua um homem bom de verdade, doce e gentil, e só é um fracasso se você achar que todo roteirista é um fracasso se não ganha o Oscar ou se não escrever algo equivalente à série A *família Soprano*! Ele se saiu muito bem em Sundance e em Toronto e agora mesmo tem alguma coisa lá em Cannes. Está ganhando a vida e gosta do que faz. Claro, Thomas o ajudou e o dinheiro que deixou para ele aliviou a pressão. O que há de errado nisso? O que um pai deve fazer com seu dinheiro? A verdade é que ele gostava do que Jamie escrevia e compreendia como seria tolo dizer: Escute, garoto, você devia escrever melhor ou ser mais comercial ou, se não consegue escrever melhor e ganhar mais dinheiro, então pelo menos aprenda a fazer contas que eu arranjo um lugar para você trabalhar na minha empresa! Thomas e Jamie tinham um relacionamento realmente muito bom. Jamie confiava nele. Uma parte disso respingou em mim. Ele também confia em mim. E quer saber de uma coisa? Eu gostaria que ele fosse meu filho.

Tínhamos pedido nosso almoço. As escolhas de Jane me deixaram admirado: uma salada verde mista seguida por uma salada Caesar, ambas sem guarnição, e uma garrafa de água mineral Perrier. Então sair para almoçar significava aquilo. Não admira que o dono do meu restaurante francês predileto, o último da espécie que podia remontar sua linhagem à Feira Mundial de 1939, tenha enfrentado dificuldades para manter a fidelidade de sua clientela de meia-idade, sem falar da dificuldade para conquistar uma clientela jovem. Eu não ia bancar o macaco de imitação, por isso pedi pâté de campagne seguido de bife de aba de alcatra — coisa rara — e uma taça de Côtes du Rhône. Creio que Jane também ficou admirada com meu pedido e observou que eu não havia abandonado meus hábitos parisienses. O Ned também iria por esse mesmo caminho.

Aposto que ela despejou em cima de você a velha história de Thomas, o monstro, prosseguiu Jane, em especial se você não a via desde a morte dele. Não se deixe enrolar por ela. Você o conhecia muito bem para acreditar nesse tipo de empulhação.

Nesse ponto Jane estava enganada. Eu gostava sinceramente de Thomas e tinha uma boa opinião a seu respeito, mas também sabia que homens que batem na esposa e molestadores de crianças muitas vezes são vistos como caras simpáticos. Tudo depende da frequência de nossos contatos e do ângulo de visão. Mas minha curiosidade, misturada com o pesar, fora despertada, e eu tinha intenção de saber mais. Porém Lucy falara sobretudo de si mesma. Acho que a questão era explicar, antes de qualquer outra coisa, por que ela havia casado com Thomas — quando desde o início sabia que era um erro. A parte do monstro tinha a ver com o fato de ele usar o dinheiro dela e, creio eu, sua posição social, para ascender, sem nunca retribuir. E, é claro, em algum ponto no início, com o fato de ele ficar tão envolvido em seu trabalho que acabou deixando Lucy cuidar sozinha do Jamie e tudo o mais. Mas principalmente tinha a ver com a questão de ser usada.

Eu ia continuar, embora naturalmente sem mencionar as queixas relativas ao sexo, mas Jane levantou a mão para me deter. Escute, disse ela, Thomas teve de aturar muita maluquice, e estou falando de maluquice de verdade. De qualquer maneira, escute o que ela diz e tire suas próprias conclusões e, se não se importa, compartilhe-as comigo se algum dia chegar o momento. Eu vou lhe dar minha versão. Por ora, só duas coisas. Primeiro, ele não era um monstro Frankenstein disfarçado. Segundo, não se deixe levar por mentiras e invencionices sobre como Thomas e eu nos aproximamos. Eu não tive nenhum caso com ele antes de Lucy e Thomas se separarem. Thomas e eu nos conhecíamos socialmente, porque Horace Jones, meu primeiro marido, era — e continua a ser — sócio numa empresa de advocacia que trabalhava numa porção de casos de fusão de empresas do Kidder, inclusive negócios que eram da alçada do Thomas, quando ele ainda estava no Kidder. Depois, quando Thomas e Tim Carroll abriram a nova empresa, eles continuaram passando trabalho para o Horace. Mas não houve nada entre Thomas e mim. Zero. E é mentira dizer que eu deixei o Horace porque estava de olho no Thomas. Deixei-o porque ele teve muitos casos com garotas no trabalho. Talvez você se pergunte por que a empresa de advocacia não o demitiu por causa das falcatruas que rolavam no escritório e que, aliás, segundo meus olheiros lá, continuaram a acontecer depois. Em princípio, era mesmo isso que a empresa fazia na época. As razões são que, primeiro, eles não queriam perder os negócios com o Kidder, segundo porque achavam que, como Horace fazia tantos trabalhos para o Thomas, dependiam de sua permanência na empresa de advocacia e, mais tarde, depois que Thomas saiu do Kidder e abriu sua própria empresa junto com Tim Carroll, porque eles não queriam perder o negócio com a Snow Carroll. Isso mesmo, Snow Carroll. Thomas e Tim conversaram sobre esse projeto quando Thomas e eu começamos a sair juntos e decidiram continuar usando os serviços do Horace. Thomas foi muito claro a respeito disso. Eu ganhei a Jane; Horace a perdeu; ele faz um bom trabalho; por que eu iria querer castigá-lo? Portanto não se esqueça de contar isso para a Lucy!

Contar aquilo para a Lucy teria de esperar. Pus algumas roupas na mala junto com o mínimo indispensável de livros, embarquei no trem para Wassaic, onde meu carro ficara guardado, e, com uma sensação de inquietude e expectativa crescentes, parti pela estrada de Connecticut rumo a Sharon. A casa estava em boas condições, assim como o jardim. Durante uma rápida vistoria pela propriedade, verifiquei primeiro, como sempre, as árvores e os arbustos de flores que eu considerava como se fossem de Bella, pois foram plantados por ela ou a seu pedido. Tinham sobrevivido bem às tempestades de inverno que haviam atingido o vale. Assim como as peônias, as prediletas de Bella; pela primeira vez desde que ela havia morrido, eu não estava ausente no momento máximo de sua glória. Dentro, a casa estava fria e nua, Peter Drummond e o compositor tinham removido suas fotografias e enfeites e meus pertences pessoais continuavam guardados nos armários do quarto de hóspedes, mas afora isso estava tudo bem. Na mesa da cozinha, achei um bilhete do corretor de imóveis pedindo que eu telefonasse. Vou já para aí, disse ele quando o localizei. Aconteceu que ele tinha notícias de Peter. Alugar minha casa tinha sido bom para Peter, e ele e Ezra Morris — recordou-me que esse era o nome do compositor — acabaram gostando tanto de Sharon e dos arredores que procuraram uma casa com preço razoável para comprar. Recentemente a casa dos

Brown tinha sido posta à venda, pois a viúva Sally Brown morrera de um derrame cerebral em dezembro. O contrato com o inventariante estava assinado e eles esperavam tomar posse da casa em meados de junho. Portanto, no fim foi Peter quem tinha uma notícia para me dar, e não o contrário. O corretor disse que eu não precisava me preocupar com a possibilidade de ficar sem inquilinos durante o inverno; ele tinha certeza de que poderia encontrar um substituto, talvez outro professor universitário. Eu lhe contei a verdade: sentia-me aliviado. Como eu ia morar em Nova York, parecia bom poder usar a casa o ano inteiro, da maneira como Bella e eu tínhamos feito, e agora eu podia levar a cabo meu plano sem sentimentos de culpa por ter tomado a casa daquelas pessoas simpáticas.

O outro lado da moeda, que eu obviamente não mencionei ao corretor, foi o pânico incipiente que a partida de Peter e Ezra e a consequente realidade daquilo que eu tencionava fazer haviam despertado em mim. As contas da calefação e da manutenção do gramado da entrada para carros não era o problema real; eu decidira não me preocupar com aquilo. A totalidade da tarefa me enervava. Uma coisa era pensar de modo descompromissado em como seria bom deixar a cidade e ir para Sharon nos fins de semana de outono e de inverno, talvez até no Natal e Ano-Novo, e outra coisa era encarar as consequências: providenciar a limpeza do terreno e o plantio na primavera, preocupar-me com as pilhagens dos cervos, erguer uma tela para mantê-los afastados dos canteiros de flores, a poda e a capina do mato rasteiro, fazer a limpeza do terreno no outono e deixar o jardim hibernando durante o inverno. Eu havia deixado tudo isso de lado desde a morte de Bella, imediatamente pedira ao corretor de imóveis para encontrar um inquilino responsável que me aliviasse de todas essas tarefas. Não era a necessidade de fazer o trabalho que me perturbava: eu era capaz de fazer boa parte daquilo, embora o gosto de Bella pela jardinagem a tivesse levado a assumir sozinha a maior parte das tarefas. E eu sabia perfeitamente que a empresa de paisagismo que aparava o gramado e capinava os dois prados e que sempre tinha feito a limpeza do terreno no outono e plantava as árvores e os arbustos maiores para nós assumiria de bom grado todos os serviços da propriedade. Assim como a sra. James, minha caseira, uma verdadeira pérola de pessoa, e Bob, o quebra-galho, saberiam cuidar muito bem de minhas outras necessidades pessoais. A casa ficaria novinha em folha e seu terreno muito bem cuidado, minha roupa lavada, limpa e consertada. Na verdade a sra. James, ajudada por Doris, sua filha, professora de escola primária, provavelmente adoraria mais que tudo fazer as compras e cozinhar para meus convidados e para mim. Era uma tranquilidade, contanto que *tutti quanti* cheques fossem recebidos a tempo e com as somas devidas. Sim, aquelas pessoas excelentes, que eu conhecia e em quem confiava havia tantos anos, que tinham amado Bella e foram tão gentis durante seu terrível último ano, continuavam a ser minhas amigas. Providenciariam para que eu recebesse os melhores cuidados em meu asilo individual. Os cheques não eram problema. A menos que eu vivesse por tempo demasiado longo, minhas economias seriam suficientes e, caso se esgotassem, o asilo de Sharon, Connecticut, fecharia as portas e o seguro público de saúde, caso ainda existisse, teria mais um velho desmiolado abrindo um rombo em seu orçamento. Não, não era uma questão de dinheiro; era a absoluta inutilidade de minha existência, incluindo aí os livros que eu escrevia. Eu me dei conta de que estava tremendo e disse para mim mesmo: Pare com isso, Bella teria vergonha de você. Você teve belos momentos aqui nos verões. Se a ideia de usar a casa no resto do ano não der certo, ponha a propriedade à venda e vá tomar ar fresco no Central Park.

Sentindo-me mais calmo, tomei uma xícara de chá, liguei

para meu quebra-galho e lhe disse para vir na manhã seguinte para conversar sobre a pintura da casa e alguns reparos pequenos, fiz uma lista de compras para fazer no supermercado e dei uma geral na tentativa de fazer a casa parecer e se tornar menos abandonada. Então sentei diante de minha escrivaninha e, durante algumas horas, de fato consegui escrever. Escureceu e dessa vez foram a fome e o desejo de beber, e não o esgotamento do fluxo de palavras até se tornar um mero filete, que me fizeram parar. Salvei o arquivo, fiz uma cópia de segurança do novo texto e pus meu laptop para dormir. Havia algumas garrafas de gim no armário de bebidas. Servi-me de uma dose de gim-tônica, comi um punhado de bolachas salgadas Ritz que peguei numa caixa esquecida por Drummond & Cia., e tentei ligar para o número de telefone de meu primo Josiah em Kent, Connecticut. Eu estava com sorte. Ele e a esposa se encontravam em casa e estavam livres na noite seguinte. Esquivei-me do convite para jantar na casa deles e, em vez disso, pedi que viessem a Sharon e me ajudassem a dar início a um novo capítulo de minha existência em farrapos. De repente me veio a ideia de recomendar que trouxessem qualquer criança ou neto que aparecesse naquele meio-tempo. Animado momentaneamente por uma vaga sensação de realização, saí para comer uma pizza num restaurante de beira de estrada nos arredores de Sharon.

De fato, Josiah e Molly trouxeram suas netas Natasha e Nina, as duas invasoras que haviam ocupado meu apartamento, e o namorado de Natasha, um sujeito com cara de bebê, barba loura e rala e um toco de pau enfiado no lóbulo da orelha direita. Eu estava convencido de que a opção por um toco de pau em lugar de um brinco bem como a localização do enfeite tinham significados cifrados, mas não me atrevi a perguntar. Em troca, perguntei a Zeke se ele, a exemplo das garotas, era um recém-formado na faculdade, e fiquei surpreso e também admirado ao saber que já era graduado em ciência da computação no MIT e trabalhava em modelos de validação para, vejam só, a empresa Snow Carroll. Disse-lhe que eu havia conhecido Thomas Snow pouco antes de ele entrar para a Business School e mantivera contato com ele até o fim. Zeke respondeu que eu tivera muita sorte. Era óbvio que, em sua mente, meu amigo Thomas era um grande homem. Minha admiração aumentou mais ainda quando Nina me contou que ela também trabalhava na Snow Carroll, mas no setor de fusões de empresas, e que tinha sido ela que apresentara Zeke a Natasha.

A sra. James anunciou que o jantar estava servido. Como não sabia quantas pessoas iriam jantar, eu tinha comprado um grande pernil de cordeiro no supermercado, com a ideia de que seria ou comido por um número indeterminado de membros da família Weld ou me acompanharia por vários almoços e jantares vindouros, e fiquei aliviado ao ver que ele saíra do forno exatamente da maneira que Bella o teria preparado. A sra. James havia cuidado das batatas, das ervilhas e da salada e eu havia trazido, também do supermercado, uma torta de maçã. Minha memória tinha se mostrado acertada: havia caixas de vinho no sótão, guardadas desde o tempo em que eu comprava vinho jovem e o deixava maturar sem ser incomodado. Uma parte daquele vinho estava pronta. Sentei-me de frente para Josiah, pondo Molly na cabeceira da mesa, e, depois que desarrolhei a terceira garrafa e passei para Zeke para que ele servisse a bebida, contei para Josiah que eu havia me encontrado por acaso com Lucy no balé e que depois havia jantado na casa dela e também almoçado com a viúva de Thomas.

Que coincidência, respondeu ele. Thomas e sua empresa parecem estar sempre à nossa volta!

De fato ele havia feito algumas transações com Thomas, tanto no tempo em que Thomas trabalhava no Kidder como depois. Molly e ele também tinham encontrado Thomas e Jane socialmente, como casal, com certa frequência. Não era esse o caso no tempo em que Lucy ainda estava na área. Molly não ia com a cara dela; não gostava da maneira como Lucy falava sem parar, determinada a dominar qualquer conversa, e da tensão desagradável que havia entre ela e Thomas.

E qual sua opinião a respeito dele?, perguntei.

Como financista, é simples, eu o admirava. No Kidder, era um dos melhores que eles tinham em atividade. Algumas pessoas diziam que era o melhor da cidade em nossa faixa etária — o que na verdade equivale a dizer do país inteiro —, e acredito nisso. O senso de oportunidade dele e de Tim Carroll quando deixaram a segurança da firma em que trabalhavam e abriram uma empresa própria — uma decisão muito corajosa, permita que lhe diga — foi perfeito, e por acaso eu sei que foi o Thomas quem tomou a frente da situação. Não preciso lhe dizer que a empresa tem sido um grande sucesso num negócio conturbado e em mercados tempestuosos. Aposentar-se na hora em que se aposentou também foi corajoso. Estava imensamente rico, mas deve ter se dado conta de que o dinheiro grosso mesmo ainda estava para vir. Porém não era ganancioso, já havia mais do que o suficiente para Jane e para Jamie e para a sua fundação, e ele queria escrever e dar aula pelo menos em meio expediente e fazer todas as outras coisas que de repente ele podia fazer sem entrar em choque com a empresa ou sem que as pessoas questionassem a sinceridade de seus pontos de vista, apontando o dedo para os negócios da empresa. Vou lhe dar um exemplo. Sob sua liderança, a empresa assumiu algumas posições especulativas imensas e de grande êxito, vendendo moedas e commodities na baixa ou acumulando posições no mercado de longo prazo. E ele se enrolou até o pescoço para resolver problemas relativos a dívidas soberanas. As pessoas que discordavam desse ou daquele artigo ou texto de opinião que ele redigia para o *Financial Times* podiam dizer e diziam de fato que o que a empresa dele havia feito era incoerente com aquilo que Thomas pregava. Portanto ele tinha cem por cento de razão para se afastar do negócio. Como pessoa? De certo modo, parecia um sujeito reservado, talvez frio. Nada de jogar conversa fora. Essencialmente, um sujeito conservador. Era isso o que se dizia a seu respeito. Não era essa a minha experiência. Sempre se mostrou muito simpático em seu trato comigo, tanto no trabalho quanto em sociedade. Eu tinha a impressão, pelo menos no princípio, de que o fato de eu ser seu primo, Philip, contava na equação. Como amigo? Muito confiável. Escreveu cartas de recomendação para todas as escolas às quais as crianças se candidataram, e permita que eu lhe diga que eram cartas muito boas. Apesar de tudo, acho que tinha muito poucos amigos além dos que fizera na Business School ou talvez antes disso. A crítica de que era conservador? Era merecida. Lia livros de não ficção, biografias, história. Talvez não tenha lido nenhum romance depois de *Um conto de duas cidades* no ensino médio. Balé? Não assistia, e também não gostava muito de ópera. Ele me falava sobre sua formação. Sempre achei que bem lá no fundo ele continuava a ser um menino de cidade pequena que tinha dado certo. Claro — riu Josiah —, Newport é uma cidade pequena muito especial!

Fez uma pausa e estendeu sua taça, que enchi, pois Zeke havia deixado a garrafa perto de mim e, aparentemente para mudar de assunto, perguntou: Você é sócio do Paddock?

Balancei a cabeça e disse: Não, ninguém me sugeriu tal coisa.

Como conseguiu escapar? Alguém deve ter barrado seu nome. Eu sou, continuou Josiah, bem como o Alex van Buren.

Sem dúvida você se lembra dele, não é? Provavelmente se pode dizer que é o mais antigo amigo de Thomas. Pense só. Tenho quase certeza de que foi ele que levou o Thomas para o clube. De todo modo, ele almoça lá quase todo dia. Se você está tentando reconstruir um retrato do Thomas, Alex é a pessoa certa para procurar. É impressionante de quanta coisa ele se lembra. Ligue para mim quando voltar para a cidade. Vou levar você para almoçar lá e então vai poder bater um papo com o Alex.

Alex!, exclamei. Caramba! Isto está virando uma paleontologia, mas você está certo. Vou entrar em contato na semana que vem.

Josiah era meu primo predileto. Fui seu padrinho de casamento. Ele e Molly eram um dos poucos casais de minha geração que nunca se separaram, nunca se divorciaram e, até onde se podia saber, continuavam apaixonados um pelo outro, ainda genuinamente felizes. Tão felizes, eu esperava, quanto eu teria sido com Bella. Acompanhei-os até o carro e, quando nos despedimos, lhes disse que estava muito agradecido por sua visita.

Na próxima vez será em Kent, disse Molly. Aí foi a vez das garotas. Nos abraçamos e Natasha disse: Tio Philip, queremos que você saiba que ainda sentimos muita saudade da tia Bella.

Cobri o rosto com as mãos. Lágrimas correram pelo meu rosto.

6.

Quando voltei para a cidade, encontrei um recado de Lucy no telefone. Queixava-se extensamente de que Little Compton havia sido deprimente, não tinha estado com ninguém a não ser com seu horrível primo Harry Goddard e sua segunda esposa, que não gostava dela, a festa a que comparecera fora um desastre e o projeto da estrada tinha sido aprovado na noite anterior à sua chegada, o que significava que sua visita havia sido uma completa perda de tempo. Lucy terminava o recado me convidando para jantar em seu apartamento qualquer dia naquela semana. Vamos comer galinha fria, como da última vez, disse ela, ou se você estiver farto de galinha fria — eu mesma nunca me canso disso —, mandarei trazer um bife e você mesmo pode prepará-lo na cozinha.

Eu não queria me submeter a outra sessão de psicoterapia tão demorada quanto a última. Como a armadilha óbvia eram aqueles drinques servidos depois do jantar, liguei para ela e a convidei para ir ao restaurante onde eu havia jantado com Jane. Ela me dissera que eu podia usar seu nome para reservar uma mesa e que, se eu fizesse aquilo, conseguiria uma mesa tranquila e seria tratado com o respeito devido a um importante romancista. Foi assim que Jane me apresentou ao dono ou gerente do restaurante, um homem elegante e delicado chamado Gérard. Hesitei por um momento antes de mencionar o nome do restaurante, refletindo que seria divertido, mas também potencialmente embaraçoso, descobrir que Jane e o marido estavam na mesa vizinha. Então lembrei que Jane dissera que aquele bistrô era seu predileto na hora do almoço, mas que nunca o frequentava à noite. Longe de fazer objeção à minha sugestão, Lucy respondeu: Puxa vida, você fica afastado da cidade durante anos e num instante se integra ao circuito bacana.

Meu encontro com ela ficou marcado para quinta-feira. Eu não tinha nenhum compromisso durante a semana e resolvi que, como meu livro parecia estar progredindo, eu podia usar uma parte do tempo que ele ia me tomar para almoçar com Josiah e com Alex van Buren, caso ele aparecesse. Josiah estava livre. Combinamos um encontro no Paddock para almoçar na quarta-feira à uma hora.

O costume no clube era que os membros, mesmo quando acompanhados por convidados, almoçassem na sala de jantar dos sócios do clube, numa comprida mesa de mogno lustrosa. O sócio do clube e seu convidado podiam almoçar numa pequena mesa individual numa sala de jantar contígua, mas se fizéssemos isso, sublinhou Josiah, não veríamos o Alex, que jamais punha os pés ali. Depois de tomarmos nossas taças de champanhe no bar — a bebida de almoço de Josiah, que ele tomava numa grande taça de conhaque, com uma pedra de gelo —, seguimos rumo à sala de jantar e vimos que havia alguns homens aglomerados na ponta da mesa. Josiah cumprimentou-os com um gesto de cabeça e um aceno da mão, segurou-me com firmeza pelo cotovelo e me conduziu até a outra ponta da mesa. Vamos sentar deste lado, disse ele, onde podemos conversar sem nos envolver no bate-papo geral. Vou ficar de olho para ver se o Alex aparece. Enquanto isso, vamos fazer os pedidos. Estou faminto.

Eu o reconheci na mesma hora. Com Josiah já um pouco levantado da cadeira, ele veio em nossa direção sem que estivesse claro que me havia reconhecido. Alex sempre fora um homem grande, mas agora ficara enorme, tão grande quanto o pai, de quem eu me lembrava como uma espécie de gigante. O terno cinza-claro de riscas finas que usava tinha um corte tão requintadamente antiquado que eu podia apostar que havia pertencido ao pai. Tudo indicava que não foi necessário sequer adaptá-lo. Alex tinha envelhecido, mas continuava um homem bonito, rosto de um rosado saudável, olhos azul-claros sem o estorvo de óculos, bochechas firmes e testa lisa. Era fácil imaginar que se tratava de alguém que nunca havia conhecido um momento de preocupação.

Philip, disse ele em tom grave, depois de sentar-se e dizer ao garçom por cima do ombro que trouxesse o de costume, Philip, não temos nos visto muito, não é mesmo? É uma pena. Pessoas proeminentes do mundo das artes deviam almoçar e jantar no clube com frequência e trazerem para cá jovens convidados do tipo certo. Não muitos, é claro, não demais. Era esse meu lema também no grupo da revista *Lampoon*. Precisávamos de seus colegas supertalentosos, mas não numa quantidade que pudesse incomodar o resto de nós. Lembra de sua prova? Eu me lembro como se fosse ontem!

É claro que lembro, respondi. Se você não tivesse me ajudado, eu não teria conseguido entrar.

Era verdade. Os candidatos a membros da revista de humor, conhecidos como Tholos, tinham de fazer uma pegadinha em Harvard Square que era avaliada segundo o quesito "Tholice" por componentes do alto escalão. Era a última prova antes da votação. Eu era calouro e não consegui imaginar nada melhor do que aparecer na Massachusetts Avenue no dia 1º de abril, sob um sol de rachar, com a temperatura na casa dos trinta e tantos graus, vestido de Papai Noel, tocando minha sineta e tentando coletar dinheiro trocado de qualquer pessoa que entrasse no Hayes-Bickford's, nosso lugar predileto para tomar chá com bolinho inglês. Minha encenação foi julgada "pueril e insípida" por todos, exceto Alex, que defendeu minha eleição, declarando que minha encenação comprovava que eu ia ser o Tristan Tzara da revista. Seu voto saiu vencedor e suponho que, desde então, eu não tenha sabido me mostrar bastante agradecido.

Você provou que eu tinha razão. Você é um de nossos ornamentos mais esplendorosos. Mas devo dizer que, enquanto esteve na revista, se mostrou singularmente sem graça!

Alex riu tão alto com a própria exibição de senso de humor que começou a tossir e engasgar, ficando com a cara tão vermelha que um garçom assustado achou por bem lhe dar um tapa no meio das costas.

Mais forte, arfou ele, mais forte.

Por fim, o ataque de engasgo foi controlado, ele voltou para o tema de antes, a saber, o fato de eu não usar o clube com frequência.

Creio que você passou um bom tempo em Paris, disse-me ele, mas isso não é motivo para não cumprir seu dever como bom cidadão e vir almoçar aqui quando estava na cidade. Se os homens não estiverem dispostos a cumprir sua parte...

Espere aí, Alex, interrompeu-o Josiah, acontece que, sei lá por que razão, o Philip não é sócio do clube!

Uma omissão ridícula, retrucou Alex, algo que pode ser e será corrigido. A propósito, lembra-se do pobre Thomas Snow? Eu o trouxe para ser membro aqui antes mesmo de ir trabalhar no Kidder. Não foi uma tarefa fácil, posso lhe garantir. Como era de esperar, alguns caras no comitê de admissão levantaram objeções acerca de sua formação, por não ter sido afiliado a nenhum clube na faculdade e assim por diante. Consegui derrotá-los. Ajudou o fato de meu pai ser louco pelo Thomas desde o tempo em que ele dava aulas particulares para a garotada da família em Newport e também o fato de eu poder relatar que Al Gordon tinha dito a meu pai que ele achava o jovem Snow um sujeito maravilhoso. Papai e Al eram unha e carne. Nossa empresa se dava às mil maravilhas com o Kidder. Quer ouvir uma coisa que me fez rir de verdade? Vocês dois conhecem a Lucy — Lucy De Bourgh, que foi casada com o Thomas. Acreditem ou não, depois que Thomas contou para ela que tinha sido convidado para ingressar no Paddock e por iniciativa minha, ela me telefonou quando eu estava no trabalho para me dizer poucas e boas. Doida varrida! A ideia era que Thomas já estava crescido demais para cuidar de si mesmo e eu não tinha nada que aumentar e atiçar sua vaidade! Juro por Deus que foi isso que ela disse. Ri de me escangalhar. Bem, fazer você ser aceito será a maior moleza. A menos que alguém reclame porque há sexo demais nos seus livros.

Alex começou a rir de novo, de forma irreprimível. Felizmente, o garçom estava por perto, atrás de sua cadeira, e aplicou nas costas de Alex três pancadas preventivas que o deixaram em condições de terminar sua sopa de feijão-preto.

Isso é quase inacreditável, falei. A propósito, por acaso me encontrei com Lucy; na verdade, jantei com ela duas semanas atrás. Ver a Lucy me fez pensar nos velhos tempos e recordei-me de Thomas Snow ter me contado um dia que a conheceu por seu intermédio, veja só, logo você!

Pois é, vou ficar com esse crédito, respondeu Alex. Na verdade mereço mais crédito por várias boas ações do que certamente você consegue imaginar. Se você e ela conversaram sobre os velhos tempos, devem ter falado cobras e lagartos de mim.

Na verdade, eu não fiz isso. A maior parte das queixas foi sobre o Thomas. Mas Lucy me convidou para vê-la outra vez e eu não ficarei surpreso se ouvir mais.

Alex ergueu as sobrancelhas e disse: Você pode estar brincando com fogo. Estou enganado ou sua linda esposa francesa morreu algum tempo atrás?

Fiz que sim com a cabeça.

Bem, deve me perdoar. Minha memória continua muito boa no que se refere ao passado, sobretudo se na época eu estava concentrado nos fatos, mas às vezes a memória me prega peças. Por exemplo, agora mesmo não consigo lembrar se foi Priscilla ou se fui eu quem escreveu para você quando aconteceu. O fato é que, não preciso lhe dizer isso, todo mundo está morrendo a torto e a direito. Já desisti de ler o obituário do *Times*, embora Priscilla ainda faça isso. Não há tempo que chegue para escrever todas as cartas de condolências. Portanto você está viúvo! Uma presa e tanto para uma mulher do tipo da Lucy. E ela ainda não contou para você como foi que ela e Snow se separaram?

Balancei a cabeça.

Vai jantar com ela? Provavelmente isso faz parte do cardápio. Confira os dados comigo, antes de engolir o que ela servir para você! E escreva seu endereço para mim. Vou lhe mandar o livro do ano do clube para que você possa dar uma olhada na lista de membros e apontar os nomes das pessoas do clube que você conhece e a quem eu posso pedir cartas de apoio em seu favor. Você se lembra de minha esposa, a única e de toda a vida, Priscilla, não lembra? Você dançava com ela nos tempos de nossa juventude desperdiçada. Que bobagem! É claro que lembra! Ela vai adorar saber que você voltou à tona. Por falar da Lucy, entre as duas não há nem sombra de saudade. A antipatia remonta ao tempo em que estudavam em Miss Porter's. Você e Priscilla vão bater um ótimo papo, comparando lembranças. Hoje em dia a gente admite as senhoras na sala de jantar dos convidados na noite de quinta-feira. Vamos jantar aqui. E, virando-se para Josiah, acrescentou: Você e Molly também devem se juntar a nós. Priscilla sempre toma a frente dessas coisas. Ela vai resolver tudo.

Com a certeza de que eu poderia ouvir mais sobre Lucy sem esperar pelo jantar com Priscilla, fiquei muito ansioso, porém naquele exato momento três sócios do clube extraordinariamente magros, trazendo na mão copos grandes de algo que parecia um coquetel feito de vodca e caldo de carne, percorriam o salão e esquadrinhavam a mesa em busca de lugares para se abancar. Quando avistaram Alex, vieram voando em sua direção. Dois sentaram-se junto a Alex, o primeiro de um lado e o segundo do outro, e o terceiro sentou-se junto a Josiah. Foram feitas as apresentações. Bem na hora, bem na hora, falou Alex com voz cantada e, dirigindo-se ao sócio do clube à sua direita, disse: Pode imaginar algo mais escandaloso, Junius? O jovem Philip aqui, um romancista importante e meu *protégé* na *Lampoon*, não é membro de nosso clube! Minha intenção é corrigir essa falha. Virou-se para mim e explicou: Junius é o nosso presidente.

Josiah e eu recebemos nossos cafés e logo depois nos levantamos da mesa.

Lembre, não deixe a Lucy aplicar uma lavagem cerebral em você, gritou Alex. E bico calado. Pôs o dedo sobre os lábios.

Pouco tempo depois de casar com Bella, carente de recursos durante um período de entressafra no intervalo entre dois livros, escrevi uma série de artigos sobre temas culturais para a LIFE, que na época pagava extremamente bem, inclusive perfis com base em longas entrevistas com Vladímir Horowitz, Pablo Casals, Yehudi Menuhin, Eugène Ionesco e Kingsley Amis. No final, os artigos se tornaram um livro que pagou a reforma da parte elétrica da casa em Sharon, a construção de um telhado novo que não tivesse vazamentos e a instalação de comodidades modernas como calefação central, um boiler de água quente e uma bomba eficiente. Bella gostava de gracejar dizendo que vivíamos em uma casa construída por *Rhinoceros*. Eu poderia ter continuado a exercer o jornalismo na *LIFE* se a revista não tivesse mudado ou se a trama de um novo romance que mais tarde acabou ganhando prêmios importantes não tivesse tomado forma em minha mente. Meus instintos adormecidos de entrevistador, que se aprimoraram e ficaram afiados durante aquele período, foram estimulados. No dia seguinte, enquanto eu atravessava o parque a pé, ao encontro de Lucy, quase resolvi experimentar a técnica da pergunta de choque e indagar de forma direta se, apesar de sua insatisfação de longa data, era mesmo verdade, como ela havia sugerido, que foi de fato Thomas quem resolveu separar-se. E, nesse caso, o que havia precipitado a crise? Porém, enquanto eu aguardava no restaurante, comecei a ficar em dúvida. Seguramente Lucy estava solitária e tinha um desejo ou uma necessidade pelo jeito irresistível de se justificar e talvez, também, de vingar-se do morto. Mas, ao contrário da celebridade que pode se fazer de difícil, mas está de olho no produto final, ou seja, uma matéria de várias páginas com fotos lisonjeiras numa revista de luxo, Lucy não podia contar com nenhuma recompensa por fazer minhas vontades. Seria burrice deixá-la assustada. Também havia boas razões para deixá-la falar no seu ritmo e à sua maneira. Ela poderia falar mais do que pretendia, se eu não interferisse no seu fluxo de consciência.

Lucy chegou quinze minutos atrasada. Eu lhe disse, com toda a sinceridade, que aquilo não tinha a menor importância. Foi gostoso bebericar um martíni devagarzinho e ouvir disfarçadamente a conversa nas outras mesas. Da maneira como eu vivia agora, podia passar dias sem ouvir outra fala humana que não a voz do rádio ou do porteiro que me dizia: Bom dia para o senhor.

E como você acha que eu vivo?, retrucou Lucy.

O toque de agressão gratuita naquela observação me fez observá-la com mais cuidado. Estava abatida e dava para perceber manchas vermelhas em seu rosto, recobertas de maneira imperfeita pela maquiagem. Podia ser alergia a alguma coisa no jardim; Lucy tinha voltado do campo fazia apenas dois dias. Eu lhe ofereci uma taça de champanhe, que ela recusou, e pediu um martíni igual ao meu. Ela me contou que havia uma rachadura em sua piscina que não podia ser reparada sem esvaziá-la e em seguida pôr algum cimento; muito provavelmente, ia precisar de um aquecedor novo; o encarregado da conservação da piscina era um trambiqueiro. Lucy não podia confiar nele para os reparos e se arrependia de ter brigado com seu antecessor, que também era desonesto, mas numa escala menor e pelo menos sabia o que estava fazendo. Ela telefonara para a empresa encarregada de gerir seus fundos para dizer que precisava de dinheiro para o conserto da piscina e para o aquecedor novo e o funcionário tinha sido grosseiro com ela. Quando Lucy se queixou com seu irmão John, ele lhe disse que os fundos De Bourgh já não figuravam entre os clientes de ponta da empresa. Ele teve a coragem de lhe dizer que era culpa dela mesma se as pessoas da empresa não se mostravam gentis com ela. Lucy tinha se indisposto — "indisposto" foi a palavra que ele de fato usou — com todo mundo lá, de tanto importunar as pessoas o tempo todo. É claro que Lucy desligou o telefone na cara dele, mas aquilo não resolveu o problema. Não havia meios de Lucy se desfazer da empresa que gerenciava seus fundos. Aquilo estava escrito em seu testamento. E obviamente ninguém iria ajudá-la a pôr aquela gente de joelhos! Assim tinha sido sua sexta-feira. No sábado, houve uma festa na residência dos McGregor. A casa vizinha. Pelo menos tiveram a decência de convidá-la. Lucy não conseguia entender por que haviam convidado metade das pessoas que foram lá. Sua tia-avó Helen Goddard King, que deixara para ela sua casa em Little Compton no testamento, não permitiria que aquela gente sequer pusesse os pés em sua porta. Lucy não conseguia acreditar que nenhum deles pudesse entrar para o clube, nem mesmo como sócios temporários de verão. Não que ela se importasse com aquilo. Raramente punha os pés lá agora.

Eu a interrompi para que pedisse ao garçom o que queria jantar e aproveitei para também pedir meu prato e uma garrafa de vinho. A menos que eu a levasse para outra direção, não parecia impossível que aquela choradeira particular só fosse parar quando eu pagasse a conta e dissesse que ia levá-la para casa.

Escute, falei. Tenho pensado bastante sobre aqueles meses terríveis em Genebra e o notável recomeço de vida que você conseguiu alcançar em Cambridge, e há uma coisa que obviamente não entendi direito. Acho que você me contou que antes de ir para Genebra tinha decidido que a relação entre você e Thomas estava terminada, que não ia dar certo. De fato, você se ligou ao Hubert sem pensar nem um pouco em Thomas. E depois, apesar disso, você e Thomas se casaram! Por quê? A outra pergunta que está martelando minha cabeça é por que você não prosseguiu sua carreira no ramo editorial. Parece que era um trabalho talhado para você.

A segunda pergunta é fácil, respondeu. Eu gostava de Emily Calhoun, minha chefe na Houghton Mifflin; eu gostava da editora em Boston. Gostava dos simpáticos homens caretões que trabalhavam lá. Todos tinham frequentado a St. Mark e servido a marinha e era bom ir almoçar com eles no café do Ritz. Eles gostavam de martínis e eu também e eu sabia que estavam dispostos a dar o testículo esquerdo para me levar para um quarto lá em cima e tirar minha roupa. Nem tenho certeza de que quisessem fazer algo além disso, mas seja lá o que for que eles queriam, nunca se atreviam a fazer o menor movimento. Em Nova York, eu estava doente demais e tinha o Jamie. Quando ele entrou para o jardim de infância, fiz algumas entrevistas. Não foi por mim, mesmo se eu estivesse me sentindo melhor e se o Thomas não me fizesse sentir-me totalmente inútil. Aqueles homens nas editoras de Nova York, gente de segunda classe, com maus modos e egos iguais a caminhões jamanta, eram porcos sexistas. A expressão deve ter sido inventada para eles. Havia um, você nem vai acreditar, que chegou ao cúmulo de encomendar um par de calças de brim na loja L. L. Bean enquanto eu estava lá, sentada na mesa dele, bem na sua frente, e me pediu para tirar a medida da sua calça, do gancho até a bainha, para ele ter certeza de que iam mandar as calças do tamanho certo! Dei as costas e fui embora.

Mas voltando para o Thomas: você tem razão de me perguntar sobre isso. Provavelmente não teria acontecido se o cabeça-oca do meu irmão John e o Alex tivessem ficado com a boca fedorenta fechada. Thomas estava no segundo ano da Business School. Ele foi ao Harvard Club em Nova York para alguma recepção para alunos da Business School e jovens importantes da pós-graduação, e encontrou o Alex lá. Ele perguntou a meu respeito e Thomas respondeu a verdade: eu tinha parado de responder suas cartas e ele não sabia onde eu estava nem o que andava fazendo. O que ele não contou para o Alex foi que, na época, ele mesmo andava saindo com uma aluna do penúltimo ano de Radcliffe, uma garota judia do Brooklyn, de nariz grande e peitões, que chupava o pau dele e lhe dizia que ele era um grande amante. Se tivesse contado, talvez o Alex não sentisse pena do Thomas. Em vez disso, o seu camaradinha da *Lampoon* disse: É terrível, temos de dar um jeito nessa situação. Vou perguntar ao velho John De Bourgh o que está acontecendo e avisar a você. Suas cartas devem ter se perdido no caminho! Thomas disse: Muito obrigado. É muita bondade sua. Alex telefonou para o

John, que lhe deu meu endereço e o número de meu telefone, é claro que nem se deu ao trabalho de me perguntar se eu me importava com isso, e Alex pegou logo o telefone e ligou para o Thomas e disse: Você está com sorte! Não sei se foi um lapso qualquer do John ou se foi um ataque de discrição tardia: o fato é que meu irmão não contou para o Alex sobre a McLean nem sobre o dr. Reiner. Sei que o John tinha conhecimento da McLean, porque foi necessário tomar certas providências na empresa que cuida de meus fundos para pagarmos as contas da clínica; não tenho certeza de que John sabia que eu ainda estava sob tratamento. Logo depois, quando voltei da Houghton Mifflin para casa, ali em Louisburg Square, lá estava Thomas à minha espera, sentado na escada da porta e lendo algum livro horroroso da Business School. Estava tão concentrado que eu poderia ter passado por ele e me escondido em algum canto. Qualquer canto! De todo modo, dei bom-dia. Tenho de admitir, ele era muito esperto. Não se queixou por eu não ter escrito para ele, não perguntou onde eu tinha andado nem mesmo o que eu estava fazendo, apenas ficou repetindo como estava feliz de me ver de novo, como eu estava linda e chique. É verdade que eu tinha perdido peso e que meu novo corte de cabelo era muito bom. Então perguntou se podia me levar para tomar chá ou alguma bebida. Acho que falou assim: Vamos ao Ritz. Ficava a cinco ou dez minutos a pé e eu estava cansada, por isso achei melhor convidá-lo para entrar. Ofereci chá, se bem que na verdade o que eu queria mesmo era um uísque, mas não queria beber com ele. Eu tinha a impressão de que a bebida estava subindo à minha cabeça mais depressa talvez por causa dos remédios que eu tinha tomado na McLean e queria manter o autocontrole. Também tomei o cuidado de lhe dizer que sentasse no sofá enquanto eu mesma sentei na bergère que tinha pertencido à mesma tia-avó que mais tarde me deixou de herança a casa em Little Compton. Bebemos chá. Acrescentei alguns biscoitos Pepperidge Farm. Tudo foi muito tranquilo, até eu baixar minha xícara. De repente ele se pôs de joelhos na minha frente, acariciou minhas pernas. Não o afastei, embora eu não tivesse depilado as pernas e houvesse uns pelos na parte interna de minhas coxas. Eu não havia ficado com ninguém desde que Hubert fora embora e ele me deixou muito excitada. Eu não estava de meias. Ele enfiou as mãos por baixo da minha saia e subiu até a cintura, puxou minha calcinha para baixo, tirou meus sapatos e abriu minhas pernas. Achei que seria a antiga rotina do garoto de Harvard. Todos aqueles frequentadores de clubes que enfiam o dedo na gente, remexem e gozam nas próprias calças, deixando a gente humilhada e furiosa. Mas ele tinha aprendido algumas coisas sobre a anatomia feminina e na verdade me fez gozar. Ele até gostou! Só Deus sabe como desde o início tentei lhe explicar como funcionava, só que ele não conseguia entender. Mais tarde me contou que foi a tal garota do Brooklyn que lhe ensinou. Quando afinal fomos para a cama, ele me fez gozar pela primeira vez com ele dentro de mim e me recordo de lhe dizer: Sim, é assim que se faz. É assim que você devia fazer sempre. Me coma, me coma feito uma égua.

A própria história de Lucy a deixou excitada. Eu tive certeza disso. Pela primeira vez naquela noite, havia cor em suas faces e tenho vergonha de confessar que senti, eu mesmo, um certo grau de excitação doentia. Antes que eu pudesse saber se aquele incidente havia assinalado a redenção do relacionamento entre os dois e sua progressão rumo ao casamento, o garçom trouxe o primeiro prato.

Eu não deveria contar essas coisas para você, prosseguiu ela após um intervalo, baixando o garfo. São muito embaraçosas. Mas sem isso você não entenderia como foi que aconteceu. Todos estudam muito na Business School. Thomas sempre foi bom aluno. Talvez não tivesse de estudar tanto quanto a maioria dos alunos. De todo modo, vivia atrás de mim. Em geral, queria trepar. Muito pouco tempo depois da primeira vez, ele disse cheio de orgulho que havia falado a meu respeito para a garota do Brooklyn e que havia terminado com ela. Talvez ele devesse ter continuado com ela, porque, depois disso, seu desempenho estagnou. Era a mesma velha história. Certa noite, fiquei tão irritada que me levantei e sentei na bergère com uma colcha de tricô por cima dos ombros, tremendo de frio. Eu estava chorando. Ele saiu da cama e disse: Por favor, pare, eu vou fazer direito. E fez mesmo. Era mais um truque útil que a garota do Brooklyn tinha lhe ensinado. Alguns homens na França tinham me mostrado e Hubert fazia aquilo muitas vezes, antes de resolver que dava trabalho demais, mas não achava que Thomas soubesse dessas coisas. Ele me deixou louca. Mais tarde, ele fez variações sobre esse mesmo tema, coisas de que ele gostava de verdade e eu não. Eu só sabia que ele não era Hubert. Não era um homem de verdade. E também atrapalhava o fato de que, quando ele vinha à noite — o que acontecia na maioria das noites, porque ele fazia suas tarefas no fim da tarde —, queria passar a madrugada inteira comigo e só sair na hora de ir para a aula no MBTA. Isso eu não podia permitir. O apartamento pertencia aos Mather. Peter Mather dava aula de grego e história antiga na faculdade; ele e a esposa eram muito rigorosos e só aceitaram alugar o apartamento para mim porque conheciam minha família. Eu tinha certeza de que, se vissem o Thomas saindo pela porta de manhã e ficando direto no apartamento nos fins de semana, ia ser a maior confusão. Iam querer que eu fosse embora. A discussão a respeito disso era constante entre nós dois. Ele insistia, e afora ele, o dr. Reiner e meu trabalho com Emily, eu não tinha ninguém, nada. Perguntei ao dr. Reiner o que eu devia fazer e ele respondeu: Deve fazer exatamente o que deseja. Pensei naquele conselho e disse ao Thomas que eu não achava direito continuar a ter um caso que me deixava amarrada e não me levava a lugar nenhum. Tudo o que eu e você fazemos, eu lhe disse, quando não estamos na cama, é ir às festas de seus colegas de curso nos fins de semana em que tem futebol americano, e tudo o que acontece é que eles bebem martínis e ficam de porre.

Eu sabia que os amigos dele não ficavam à vontade comigo. Eu era mais velha e era diferente das garotas que eles chamavam para as festas. A certa altura perguntei ao dr. Reiner se ele achava que eu podia me casar e ter filhos. Ele disse: Claro que você está apta a casar, se for isso o que de fato você deseja, embora normalmente seja melhor evitar compromissos de longo prazo quando a pessoa está fazendo terapia. E ele perguntou se eu tinha contado para o Thomas que fazia análise. Porque, se não contou, deve começar a pensar em fazer isso. Thomas era um bisbilhoteiro nato e era difícil falar sobre minha crise nervosa em Genebra e sobre o dr. Reiner, deixando totalmente de fora o Hubert, mas consegui, falando de maneira vaga. De todo modo, tenho certeza de que a última coisa que Thomas queria era entender. Quando contei ao dr. Reiner que eu tinha feito o que ele dissera, eu esperava algum tipo de elogio, uma palmadinha na cabeça, mas só veio o hummm de costume. Pouco depois, Thomas se recusou a sair do apartamento no fim da noite; não consegui retirá-lo antes do amanhecer e, quando olhei pela janela, vi que ele e o professor Mather saíam juntos do edifício. No dia seguinte, quando Thomas chegou, gritei com ele e disse que estava tudo acabado entre nós. Se ele me queria, teria de se casar comigo. Eu não podia continuar sendo sua prostituta. Ele me olhou com frieza, foi a primeira vez que vi aquilo, e perguntou: Como posso me casar com você, se precisa ir ao psiquiatra todo dia? Falei para ele ir embora. Não foi. Em vez disso, ele praticamente me estuprou. Se eu não o deixasse fazer aquilo, teria me estrangulado. Quando terminou, ele disse que não podia abrir mão de mim, mas antes de tratarmos do casamento, ele queria falar com o dr. Reiner.

Nunca vou perdoar aquele sacana, disse ela após um momento de silêncio.

Supus que estivesse se referindo ao Thomas, mas logo depois Lucy deixou claro o significado de suas palavras.

Consegue acreditar?, perguntou. Ele deu sua palavra de honra para o Thomas de que eu era sã — foi a palavra que ele usou —, que o casamento seria bom para mim e que não havia nenhum motivo para eu não ter filhos. No dia seguinte, lhe perguntei como podia dizer uma coisa dessas depois de ter me dito que eu não devia ter compromissos de longa duração enquanto estivesse fazendo análise. Ele olhou para mim, ergueu as sobrancelhas e respondeu que a opinião de uma pessoa pode mudar conforme as circunstâncias. A conversa com Thomas o deixara convencido de que aquela era minha grande chance de felicidade!

7.

Depois do jantar, acompanhei Lucy até sua casa. Percebendo que ela se apoiava em meu braço com mais força do que seu cansaço — sem dúvida verdadeiro — justificava, recusei o convite para subir e tomar mais um drinque. Não precisa ter medo de mim, insistiu ela, e me deu um selinho. Sou solitária, mas não tenho nada de perigosa. Venha me visitar em breve. A verdade, no entanto, era que a crueza de sua narrativa me deixara incomodado: sentia que estava sendo arrastado para mais perto dela do que parecia sensato, e instintivamente punha a culpa em Lucy. Eu sabia que aquilo era injusto. Ela ficara anos fazendo análise — disse que continuou a consultar um psicanalista depois que ela e Thomas se mudaram para Nova York —, aprendendo como falar de maneira explícita sobre sentimentos e ações que foram, no passado, e talvez continuassem a ser, considerados inconfessáveis, e eu desconfiava que ela ainda fizesse algum tipo de terapia. Além disso, se eu deixasse de lado os hábitos que Lucy podia ter adquirido durante todos os anos que passou num divã de psicanalista e encarasse o problema estritamente como romancista, eu teria de me fazer uma pergunta para a qual eu não tinha nenhuma resposta convincente: de que outro modo ela iria contar sua história? Também era verdade que minha curiosidade, de início atiçada pela virulência gratuita com que Lucy havia falado sobre Thomas quando nos encontramos no balé, se tornara uma espécie de obsessão. Que a prudência fosse para o inferno: eu estava decidido a compreender como a mulher estranha, mas linda, charmosa e sedutora que eu havia conhecido, tinha mudado tanto, havia se tornado uma bruxa agressiva e amargurada. Era uma pergunta que agora me acudia toda manhã. Idade e solidão tinham, é óbvio, feito sua parte, mas era preciso mais alguma coisa, um veneno que ela e Thomas tinham secretado. Era possível que o jovem ingênuo que ela me havia apresentado mais de meio século antes, e que mais tarde vim a conhecer como um financista importante e de grande sucesso, a quem cabia o crédito por ter feito uma contribuição importante para a solução da crise da dívida da América Latina e, para usar um epíteto de que não gosto, um grande intelectual público, tinha sido um monstro na vida privada? Pelo menos, um monstro maior do que eu e do que quase todas as pessoas em que eu pensava. Aconteceu que, durante as semanas que precederam a mudança de verão de Lucy para Little Compton e a minha para Sharon, me encontrei com ela algumas vezes, em seu apartamento, para tomar chá — eu havia jurado a mim mesmo que evitaria fazer refeições lá — e no bistrô de Jane na Lexington Avenue, que se tornara meu local predileto no East Side para jantar.

Fiquei impressionado com a capacidade de Lucy para dar sequência à sua narrativa em ordem cronológica e torná-la relativamente fácil de reconstituir, quando, mais tarde, pensei no assunto. A história avançou de modo implacável.

Na mesma noite em que Thomas recebeu as bênçãos do dr. Reiner, foi ao apartamento de Lucy levando um buquê de rosas vermelhas e pediu sua mão em casamento. De joelhos. Na opinião dela, Thomas na verdade estava apavorado com o casamento que tinha pela frente e precisava se comprometer com aquilo bem depressa e queimar logo as pontes de fuga. Como Lucy reagiu? Foi ela que o colocou naquele caminho; Lucy sabia que precisava dar uma forma à sua vida. É claro que respondeu que aceitava. Em seguida Thomas telefonou para os pais, ali do seu apartamento mesmo. Lucy imaginou que os pais dele fossem dar pulos de alegria quando soubessem que uma De Bourgh tinha aceitado casar com seu filho, mas teve uma surpresa. Os pais dele disseram — Thomas cometera o erro de não contar para eles que Lucy estava a seu lado e tanto o pai quanto a mãe falavam todas as palavras muito alto — que ele era jovem demais, que não devia casar antes de ter um emprego e que aquela era uma decisão da qual iria se arrepender por toda a vida. Em conversas subsequentes, que Thomas inexplicavelmente repetia para ela uma a uma, os pais de Thomas falaram mal de Lucy, disseram ter certeza de que ela não servia para casar e ter filhos. De início, Lucy não conseguia entender. Que tipo de fofoca teriam eles ouvido, por que encanadores, eletricistas e encarregados de conservar piscinas em Newport, o tipo de gente que *père et mère* Snow frequentavam, estariam falando sobre ela? Exceto por uma festa na praia, a que ela fora com Alex, que tinha saído do controle e só acabara com a chegada da polícia, Lucy nunca tinha feito nada que alguém pudesse criticar. Mas um dia ela entendeu: o idiota do Thomas havia contado para os pais que ela se tratava com um psiquiatra cinco vezes por semana e fazia análise. Era mais do que suficiente para o sr. e a sra. Snow. Viram logo o quadro completo. Lucy tinha um parafuso frouxo. Por um lado, Lucy tinha de dar o braço a torcer para o dono de oficina e a contadora: eles não deixaram que visões do dinheiro e das relações sociais dos De Bourgh os distraíssem do desejo de encontrar, para o filho querido, alguém tão perfeito quanto ele. Achavam que um casamento com uma mulher rica iria fazer mal a ele. Por outro lado, cometeram um grave erro. Toda aquela conversa levou Thomas a fincar pé com mais obstinação. Se em algum momento houve a mais leve possibilidade de levá-lo a desistir do compromisso, ela desapareceu. Além do mais, conseguiram dar a Lucy todas as razões respeitáveis de que precisava para não ter nenhuma relação com eles. Thomas compreenderia se ela também fincasse pé e não quisesse recebê-los em sua casa ou tê-los perto dos filhos dela e de Thomas. Ou, caso tivesse comiseração e cedesse, Lucy estaria fazendo um grande favor a Thomas e a seus pais e teria todo o direito de ficar de nariz empinado.

Os pais da própria Lucy não tentaram vê-la ou falar com ela desde que voltara de Genebra. Naturalmente também não a convidaram para ir à sua casa. Os únicos contatos de Lucy com a família tinham sido com o irmão John — falavam ao telefone a intervalos de algumas semanas — e, sobre dinheiro, com a secretária de seu pai, e mesmo isso quase não era necessário, uma vez que sua mesada vinha dos seus fundos e ela podia tratar direto com o gerente dos fundos. Thomas queria casar em janeiro, logo depois de suas provas finais, para que pudessem ir logo embora de Cambridge e passar uma semana em Puerto Rico. Com isso Thomas devia querer dizer, explicou Lucy, que ela teria oportunidade de levá-lo para uma lua de mel. Thomas não podia pagar a passagem aérea, muito menos o hotel. Por fim, ele aceitou adiar o casamento até mais ou menos o início de junho, depois de sua formatura. Aquela foi uma decisão fácil. Ele não tinha nenhum tostão e, depois do que havia acontecido, não podia pedir emprestado aos pais. A espera até a formatura os aproximou do momento em que ele já teria um emprego e ganharia um salário. Lucy tinha pensado que os dois simplesmente tirariam uma certidão de casamento, seriam declarados marido e mulher na prefeitura, tendo como testemunhas o dr. Reiner e quem mais Thomas quisesse chamar entre seus colegas de turma. Foi aí que o lado desavergonhadamente arrivista de Thomas se expôs em toda sua nudez. Ele disse: Temos de contar a seus pais e, quando Lucy objetou que ela nem estava falando com eles, Thomas disse: Não se preocupe com isso, vou escrever para eles, e escreveu mesmo, antes que Lucy pudesse impedi-lo. Pois você vai ter o que merece, disse ela, porém mais uma vez Lucy estava enganada. Uns dias depois, o pai dela ligou e, parecendo que tinha a boca cheia de cubos de gelo, anunciou que a mãe de Lucy e ele não imaginavam que ela pudesse tomar uma decisão tão acertada num assunto de tamanha importância. Thomas era um jovem muito bom e eles estavam felizes em recebê-lo na família. Compreendia que ela e Thomas quisessem casar em junho; para eles, estava bem, ficariam contentes em promover o casamento na casa em Bristol; ele já dissera para Thomas que haveria um presente de casamento de grande monta, na forma de dinheiro, para ajudá-los a se estabelecer em sua nova vida.

Então, no início de janeiro, contou Lucy, durante o período de preparação para os exames finais na Business School, imediatamente antes das provas de Thomas, eu fugi, disse para ele que tinha de ir a Paris para tratar da venda do apartamento e do Mercedes. Já havia falado sobre o assunto antes e isso representava uma parte da verdade. A outra parte, a razão verdadeira, era que eu queria encontrar o Hubert. Tinha telefonado para ele na véspera, contei que ia casar e queria ter uma última boa recordação do tempo em que ficamos juntos. A ideia de que eu queria trair o Thomas deve ter deixado o Hubert excitado de verdade. Houve uma pausa e ele disse: Reserve um quarto no Savoy em Londres, baby-doll, *ma petite cocote*, e me espere lá na sexta-feira que vem à tarde. Na cama. De pernas abertas. Como sempre, ele me deixou molhada. Sentei e me masturbei. Eu conhecia seu gosto em matéria de hotéis tão bem quanto em matéria de sexo. Eu sabia que era eu quem ia pagar a conta de tudo e não me importei com isso. Reservei uma pequena suíte com vista para o rio, o que na época, se você tivesse dólares, não saía tão caro assim. Então em Paris, depois de assinar uma papelada sobre o apartamento e o carro, comprei duas camisolas Lanvin e fui me depilar na Elizabeth Arden, na Place Vendôme. Na sexta-feira à tarde, eu estava no hotel em Londres, na cama, de coxas abertas, pronta para ele.

Vou poupar você da descrição do sexo pervertido quando ele chegou. No dia seguinte, sentamos para um almoço tardio no térreo do hotel, no Grill. Merluza e ostras e um bocado de vinho. Ele me deixou ferida por dentro, mas gostei daquilo e estava muito feliz por estar sentada na banqueta, encostada nele, sentindo o calor de seu corpo. Alguma coisa, provavelmente a consciência de que estava sendo observada, me fez erguer os olhos. Logo vi quem era: Will Reading — na verdade, o pai dele tinha acabado de morrer e ele se tornara Lord Reading —, colega de turma de Thomas na Business School, e seu amigo. Ele e outro ricaço inglês estavam na mesa bem em frente a nós. Por que não percebi sua presença antes é uma coisa que nunca entendi, pois não havia como deixar de reconhecê-lo logo de cara. Nós nos encontrávamos em festas. Eu tinha dançado com ele e ele chegou até a tentar me apalpar. Logo notou que, afinal, eu tinha percebido sua presença, chegou a piscar o olho para mim de um modo horroroso e veio para a nossa mesa, beijou minha mão daquele jeito que os britânicos gostam de fazer e apenas ficou esperando. Apresentei-os — não havia como evitar — e, para meu horror, em vez de ficar de boca fechada, o idiota do Hubert falou: Ah, estou encantado de conhecer um dos amigos de minha prima Lucy. Minha prima Lucy! O sotaque de Hubert nunca foi tão carregado como naquele momento. Eu sabia que Will não ia resistir à ansiedade de contar tudo para o Thomas; provavelmente achava que era seu dever fazer isso. O sorriso maldoso na cara do Will era mesmo uma coisa incrível. Durante aquele resto de fim de semana e durante os orgasmos ou as lágrimas quando Hubert, depois de voltarmos para o quarto após o almoço, resolveu que ia me bater de chicote, uma coisa que ele nunca havia experimentado, enquanto dizia "Você vai ter o que merece, sua puta, *tu l'as bien mérité, salope*", durante todo esse tempo nem por um momento eu consegui tirar da cabeça a ideia de que o Will já tinha telefonado para o Thomas. O outro pensamento que me apavorava mais ainda era de que o dr. Reiner já não ia mais me querer como sua paciente. Eu tinha mentido para ele; tinha dito para ele que precisava ir a Paris para tratar de negócios e o convenci a não me cobrar pelas sessões as quais eu ia faltar; o dr. Reiner ia dizer que aquilo tornava impossível a continuação da análise com ele.

Eu estava certa quanto ao Will e ao Thomas; estava errada quanto ao dr. Reiner. Thomas telefonou na hora em que Hubert saía rumo ao aeroporto. Não gritou; com aquela vozinha engraçada que usava quando estava com muita raiva mesmo, falou: Você está me traindo, só um mês depois de nosso noivado e já está me traindo. Eu ainda estava na cama, terminando o café da manhã, e Hubert, em vez de sair pela porta do quarto, sentou-se na beirada da cama, pôs a mão embaixo do cobertor e tentou me fazer gozar, enquanto não parava de fazer caretas, uma espécie de comentário ao que eu ia dizendo para o Thomas, e não queria tirar a mão, embora eu continuasse a balançar a cabeça o tempo todo e tentasse fechar as pernas com força. Aconteceu que, assim que Thomas soube, por meio de Will, ele tentou ligar para o Savoy meio ao acaso e perguntou pelo meu nome. Graças a Deus o quarto estava no meu nome! Menti, menti e menti. Não é de admirar que o Hubert tenha se admirado.

Lucy prosseguiu e disse que contou para Thomas, no telefone, que o homem suíço com quem ela estava almoçando (Lucy não revelou seu nome) era alguém que tinha conhecido anos antes, quando foi a Paris pela primeira vez — Lucy foi esperta o bastante para não dizer nenhuma palavra sobre Genebra —, que tudo estava acabado entre os dois, já estava acabado fazia anos, que ele trabalhava em Londres e estava passando por algumas dificuldades no trabalho e no casamento, que ele havia escrito para ela e que, como ela ia mesmo a Paris de qualquer jeito, resolveu que devia de fato encontrar-se com o tal sujeito e contar pessoalmente que ia casar. Queria se despedir dele de forma gentil. Thomas não acreditou em Lucy. Isso ficou bem claro. Por fim, ela disse: Por favor, não diga nem pense coisas de que vai se arrepender mais tarde. Chegarei a Boston na quinta-feira. Aí vamos conversar melhor. É claro que ele continuou a telefonar várias vezes, a intervalos de poucas horas, até ela deixar o hotel, repetindo mil vezes: Como você foi capaz de fazer uma coisa dessas? Depois, em Boston, de início ele não queria ver Lucy. Dizia que não havia caminho de volta. Seria impossível confiar nela, e quanto mais dizia isso toda vez que Lucy telefonava, mais ela implorava para ele voltar atrás. Enquanto isso, o dr. Reiner deixava Lucy espantada dizendo que o que ela havia feito com Hubert era um exorcismo, a maneira de Lucy expulsar o íncubo, uma etapa necessária do caminho rumo a fazer as pazes consigo mesma. Eles retomaram as sessões diárias de análise — naturalmente o dr. Reiner mudou de ideia e cobrou as mais ou menos dez sessões a que Lucy havia faltado — e a incentivou a insistir com o Thomas. Ele não achava que Thomas fosse aceitar a verdade sobre o encontro com Hubert — mas qual era essa verdade? — e achava que, em vez de tentar lhe apresentar um relato sobre aqueles dias, Lucy devia tentar com todas as forças demonstrar que estava comprometida com ele e com o casamento. No início da primavera, Lucy obteve sucesso — foi assim que o dr.

Reiner encarou a situação. A data de junho que ela e Thomas tinham escolhido para o casamento em Bristol caía logo depois do começo em Harvard; a recepção seria uma festa pequena e modesta — a família de Lucy, inevitavelmente os pais dele e algumas tias, tios e primos, alguns de seus colegas na Business School, sem incluir Will Reading, e alguns amigos íntimos da família e vizinhos. Lucy tentou fincar pé no que se referia aos Van Buren, a quem classificava de vizinhos e amigos; ela não queria de maneira nenhuma Priscilla ou Alex, mas no final eles foram convidados, assim como eu.

Thomas queria que você fosse, disse Lucy. Você não foi, não consigo lembrar qual a desculpa que deu, mas mandou aquelas lindas pinças de açúcar de prata da Geórgia. Os Van Buren foram, todos eles, sem faltar nenhum, e nos deram guardanapos. Juro que é verdade: guardanapos de lanche para sanduíche!

Mas a essa altura também já ficara evidente que ela não seria capaz de pôr fim ao tratamento com o dr. Reiner quando as férias de agosto do psicanalista começariam e retomar a análise ou terapia no outono, com outro médico, em Nova York. Isso não era uma opinião da própria Lucy, embora a perspectiva de trocar de analista fosse aterradora para ela. Foi o próprio dr. Reiner, contou-me Lucy, que disse que não podia assumir a responsabilidade de terminar seu tratamento naquela hora, não depois de tudo o que havia acontecido recentemente: ele achava que Lucy devia continuar com ele pelo menos por mais um ano. O dr. Reiner se ofereceu para falar com Thomas e lhe dizer sua opinião. Porque Thomas, é claro, estava pensando somente em si mesmo e em sua esplendorosa carreira, como de costume, e na proposta que tinha aceitado do Kidder Peabody de um emprego que ia começar no outono. O Morgan Stanley não lhe havia feito uma proposta, embora tivesse feito uma proposta para Josiah Weld. Aquilo deixou Thomas sem fala; simplesmente não conseguia entender como podia acontecer uma coisa assim. Seu próprio currículo na Business School e na faculdade era muito superior e além do mais ele tinha o diploma da London School of Economics. Para Lucy, a razão era branca como a neve, disse-me ela, e disse também que havia explicado para Thomas qual era a razão. Para o Morgan, você não é branco o bastante, disse Lucy, e nunca vai ser. Eles botam os olhos em você e a única coisa que veem é um cara de classe baixa que rala muito para subir na vida. Mais tarde, é claro, Thomas inventou a história de que tinha preferido o Kidder porque lá trabalharia com Al Gordon.

E fim de papo. Não ocorreu a Thomas dizer para o Kidder que não ia começar a trabalhar no outono e pedir que adiasse o início de seu trabalho, mas propôs para Lucy, isso sim, ir para Boston todo fim de semana. A resposta de Lucy foi que, se os dois não iam viver juntos, o casamento estava fora de questão; se ele a queria, era melhor arranjar um emprego na State Street. Podiam conseguir uma casa maior em Beacon Hill e Thomas podia ir a pé para o trabalho. Ele recusou categoricamente.

Mais ou menos nessa altura da narração, eu a interrompi e disse: Mais uma vez você recebeu numa bandeja de prata uma nova oportunidade para adiar um casamento sobre o qual tinha sentimentos tão ambivalentes, ou até para cancelar o casamento de uma vez por todas. Por que não fez isso?

Lucy balançou a cabeça e me disse que não sabia. Ela não estava bem, na época. O dr. Reiner tinha sido favorável ao casamento. Mas agora ele falava que Lucy devia se internar de novo na McLean. O que ia acontecer com ela, se rompesse com Thomas? Se casasse com ele, sim, seria um alívio ter o Thomas em Boston apenas nos fins de semana — pelo menos nos fins de semana em que ele conseguisse ir para Boston; seguramente não seriam todos os fins de semana; Lucy sabia que o Kidder fazia seu pessoal jovem trabalhar pesado. Mas ela não confiava nele;

Thomas tinha um desejo sexual exagerado; ia pegar gonorreia ou coisa pior com alguma prostituta e transmitir para ela. Lucy ia morrer de medo de deixá-lo se aproximar. Além disso, onde ele ia morar na cidade? Thomas não conhecia ninguém em cuja casa pudesse ficar; ia acabar tendo de pagar aluguel. Thomas reagira de forma bastante ofensiva à sugestão de arranjar um emprego na State Street. Boston era um fim de mundo, tão ruim quanto Providence; mesmo um ou dois anos de trabalho num banco da State Street bastariam para manchar seu currículo e estragar suas perspectivas em Wall Street. O dr. Reiner disse que Lucy devia, na verdade, incentivar Thomas a vir todo fim de semana para Boston. Assim ela teria o espaço emocional de que precisava e era mais sensato gastar dinheiro em residências separadas do que forçá-lo a aceitar um emprego que ele não desejava. Disse também que os temores dela quanto a prostitutas e doenças infecciosas não eram razoáveis. Não sei o que eu devia ter feito, disse Lucy. Estava farta de gastar dinheiro; estava farta de Thomas; estava farta do dr. Reiner; estava farta de tudo e de todos. Aí então, sem mais nem menos, Thomas convenceu a Business School a lhe dar um emprego na faculdade e uma bolsa de pesquisa para estudar a teoria do valor, as duas coisas por dois anos. De certo modo, não foi tão surpreendente assim. Ele era o melhor aluno de sua turma e tinha ficado amigo do professor que dirigia a pesquisa. O Kidder não criou nenhuma dificuldade quanto a adiar sua vinda. Al Gordon até telefonou e disse que estava entusiasmado com aquele reconhecimento do mérito de Thomas. Pode imaginar a burrice desse homem? O dr. Reiner ficou impressionado. Quanto a Thomas, a cabeça dele virou de uma vez por todas. Só fez piorar, cada vez mais. Nada que fazia podia estar errado; seu trabalho, é claro, tinha prioridade sobre tudo o mais; ele tinha de ser o centro das atenções. Chegou ao ponto de escrever para meu pai, disse Lucy, falando de sua indicação para a faculdade — quando me contou, explodi, mas Thomas me disse que tinha feito aquilo porque sabia que meu pai teria orgulho dele e ficaria satisfeito de receber a notícia do próprio Thomas. O coitado do meu pai respondeu lhe mandando um cheque de mil dólares. Fiquei mortificada; eu podia até ouvir a voz de mamãe zombando do Thomas. Ela sabia ser maldosa. O idiota do meu irmão John também levou o Thomas a sério, assim como o papai. É o gene da burrice que há nos machos De Bourgh. O casamento foi algumas semanas depois, disse Lucy. Na recepção, eu estava mais morta do que viva. O dr. Reiner não queria que eu ficasse fora da cidade mais de uma semana ou dez dias no máximo. Comparecer ao casamento foi demais para minha tia-avó — ela quase não saía mais de seu apartamento na Pinckney Street, em Boston —, mas ela me disse para cuidar da casa em Little Compton como se fosse minha, embora fosse continuar se incumbindo dos impostos e dos custos com a manutenção. Depois da recepção, foi diretamente para lá que nós fomos.

8.

Eu me acostumei a ver Lucy quase diariamente, à tarde, em seu apartamento, na hora do chá, ou no bistrô na Lexington Avenue, na hora do jantar. A perturbação que a narrativa de Lucy havia despertado em mim se dissipou, mas por várias razões, inclusive meu desejo de evitar noitadas e o consumo excessivo de álcool, me aferrei à minha decisão de recusar convites para beber ou jantar na casa dela. De vez em quando, aproveitávamos o bom tempo e conversávamos à tarde, num banco de frente para o lago de barquinhos do Central Park. Certo dia, no parque, ela me perguntou à queima-roupa, e só com um sorriso muito sutil, se eu estava escrevendo um livro sobre ela e Thomas. Era esse o propósito de nossas entrevistas? Não era disso que se tratava na verdade, afinal, desde a noite em que eu tinha ido jantar na sua casa? Respondi a verdade: eu estava trabalhando em algo muito diferente, um romance passado em Salem, minha cidade natal, mas depois que terminasse, se eu vivesse o suficiente e não ficasse de miolo mole, talvez tivesse vontade de escrever um livro sobre o fim de um casamento. Um casamento, enfatizei, o casamento de personagens ficcionais, não o casamento dela e Thomas. Naturalmente tudo o que ouvi no decurso de nossas conversas faria parte da minha experiência e do meu estoque de conhecimentos e observações e poderia ter algum impacto na história que eu ia contar. Mas o livro seria um romance, não um livro de memórias ou de reportagem.

Um romance, bufou Lucy. E você vai pôr a mim e o que contei no livro. Eu mato você!

Esse é um dos riscos da profissão de romancista, respondi, assim como descobrir alguns aspectos de si mesma num romance é um risco que você corre quando faz amizade com um romancista — ou simplesmente se permite ficar no raio de visão dele.

Lucy não estava rindo, por isso acrescentei que, se de fato escrevesse o livro, nem ela nem ninguém reconheceria a ela nem ao Thomas em meus personagens nem teria qualquer base para defender a tese de que o livro era sobre eles. Os leitores veriam um mosaico, feito de fragmentos de vidro ou de pedra, alguns apanhados enquanto eu vivia e outros que eu tinha inventado. Não escrevo romances *à clef*, expliquei.

Lucy bufou de novo e, para meu grande alívio, continuou a falar. Nossas conversas prosseguiram pelo que restava daquela semana e por boa parte da semana seguinte, com uma folga no fim de semana, sobre o qual eu lhe contei uma mentira. Eu disse que ia visitar minha prima enferma Hetty, na Filadélfia. Na verdade, eu tinha aceitado um convite de Jane Morgan para passar o fim de semana com ela e o marido em Water Mill, o que faria Lucy subir pelas paredes se soubesse, eu não tinha a menor dúvida. Como eu já esperava, a informação que Jane tinha para me dar revelou-se preciosa.

Casar, estabelecer um lar de verdade, não me sentir à deriva, disse Lucy, de certo modo era isso que eu sempre desejara. Ao mesmo tempo, depois daquele casamento horroroso — não foi objetivamente horroroso, nada naquela casa poderia ser; apenas dava a impressão de que era — e daquela lua de mel monstruosa em Little Compton, voltei para Boston sabendo que eu tinha sido apanhada numa ratoeira. Uma armadilha que eu mesma tinha armado para mim e da qual não conseguia sair! Pode imaginar — o sr. e a sra. Snow declararam que queriam nos visitar em Little Compton e trazer coisas para a casa, que depois se viu que eram geleias e molhos de tomate caseiros, e Thomas insistindo que devíamos recebê-los? Ele não queria magoar os pais! Não queria cortar seus laços com o passado! Eles tinham trabalhado tanto! E o meu coração? Não creio que ele tenha levado isso em consideração. Thomas já havia decidido, e você pode ter certeza de que os pais dele estavam controlando os pensamentos do filho, que eu não era inteiramente racional, e que, portanto, caso ele quisesse fazer isso ou aquilo contra a minha vontade, o que devia fazer era me cansar, até que eu aceitasse. Ficasse de acordo. Imagine servir chá para o sr. e a sra. Snow na melhor porcelana de minha tia-avó Helen e em sua melhor toalha de mesa. A empresa que cuidava dos meus fundos encontrou o apartamento mais amplo de que precisávamos no último andar de um edifício na Beacon Street, em frente ao Public Garden. Era onde Alan Crawford, que dava aulas de literatura renascentista italiana, e a esposa moravam. Fui aluna num curso dele e ele me deu nota A. Depois do início do ano letivo, eles nos receberam uma vez para jantar e duas vezes para tomar drinques. Creio que Alan achava o Thomas chato, mas percebi que Alan estava com a ideia de me passar uma cantada. Morar no mesmo edifício tornaria conveniente uma aproximação e eu não me importaria, mas ele amarelou. Talvez Susan, era o nome da esposa, tenha percebido o que se passava e puxado as orelhas dele. Afora meu apartamento na Rue Casimir-Perier, de que você certamente se lembra, aquele foi o apartamento mais bonito em que já morei. Ensolarado e bem dividido e com uma linda vista. Eu podia ir a pé para o trabalho. Mas assim que o dr. Reiner saiu para suas férias em Wellfleet, me dei conta de que na verdade eu não estava nada bem; percebi que estava afundando. Thomas chegava tarde em casa; andava fazendo pesquisas na biblioteca. Tinha enfiado na cabeça a ideia de que, quando atravessasse a porta de casa, encontraria a mesa posta e que, depois que lavasse as mãos, tomaríamos um drinque juntos, o que era uma ideia que tinha aprendido comigo, e depois sentaríamos para comer. É claro, eu deveria estar com o jantar pronto, ou no máximo a comida teria de ser esquentada de novo, e pronto. Eu não conseguia fazer aquilo. Por que tinha de ser eu a pôr a mesa, fazer as compras, cozinhar? Brigávamos por causa disso. O tempo todo. Fazer compras não era fácil — eu tinha de ir longe, até a Charles Street. Poderia pedir por telefone a um mercado chique e obter tudo o que entregavam em casa, mas isso significava que eu não veria as frutas e a alface, e de todo modo eu tinha de estar em casa quando as entregas chegassem. Não tínhamos porteiro no prédio. Era um mês de agosto muito quente, um calor forte e úmido como às vezes acontece em Boston. Nas ruas, era uma coisa brutal, mas mesmo assim o apartamento era agradável. Você podia imaginar que Thomas gostaria de tomar um banho ou uma ducha quando chegava em casa, antes de tomarmos drinques, e jantar mais tarde, quando a gente podia abrir a janela e receber um pouco de brisa, mas não, não era assim que tinha de ser; o dono da oficina se lavava para tirar a graxa, mas Thomas não tinha passado o dia embaixo de um carro, instalando um cano de escapamento novo. O máximo que eu conseguia era fazê-lo tomar uma ducha antes de ir para a cama! E impedir que sentasse para jantar de camisa e gravata, sem o paletó. Ele enfiava a gravata por dentro da camisa! É preciso morar com uma pessoa para se dar conta de que a gente não consegue suportar essa pessoa. Não tentamos morar juntos antes, a viagem para a Itália não contava, e agora eu sabia que não era capaz de aguentar o Thomas. Ah, é claro, ele podia aprender. Depois que Thomas se deu conta, em Bristol, de que mesmo quando meu pai e minha mãe jantavam sozinhos, papai vestia seu paletó de veludo verde ou cor de ameixa e um *foulard* no pescoço ou até um smoking, e mamãe vestia saia comprida, e que trocar de roupa antes do jantar era aquilo — a única coisa, e não podia ser outra — que se fazia, nem cavalos selvagens conseguiriam arrastar Thomas para a mesa com as mesmas roupas que ele usava quando chegava da rua, e achei que essa disposição para se conformar também era uma coisa revoltante, muito covarde, muito falsa. Mas quanto à questão de ele fazer sua parte nos trabalhos domésticos, não se podia mesmo fazer nada; as raízes já estavam muito fundas. Era a importância de seu trabalho. Quando ele chegava do trabalho, tudo devia estar bonito e arrumado. Para ele! Assim ele teria a atmosfera correta para fazer o que estava fazendo, fosse lá o que fosse. Não significava nada o fato de minha chefe Emily estar de férias e eu ter de corrigir manuscritos em casa para não atrasar os trabalhos.

Piorou mais ainda quando começaram as aulas na Business School e ele tinha de preparar as aulas que dava, além de fazer a pesquisa. Você pode achar que ele merecia uma medalha, porque tudo o que fazia era especial e fazia tudo muito bem-feito. Nesse meio-tempo eu tentava corrigir o manuscrito de Jerzy Kosiński e isso era bem difícil, não só porque eu transformava aquele texto num inglês de verdade, mas também porque Emily estava aferrada à ideia de que se tratava em essência de um relato verdadeiro do que havia acontecido com ele na Polônia durante a guerra e que devia ser publicado como um livro de memórias e ela não queria abrir mão de sua ideia, muito embora estivesse claro, se você fizesse perguntas sobre o assunto, sem assustar o Jerzy, que o livro era uma invenção brilhante e inspirada que só poderia ser publicado como um romance. A verdade é que Jerzy gostava de mim. Não só da maneira como em geral os homens gostavam, pensando em sexo, mas por causa da maneira como eu o ajudava com o manuscrito. Não havia nada entre nós, mas quando Thomas afinal conheceu o Jerzy, na casa de Emily, ele entrou num de seus procedimentos habituais de fechar a cara e se recolher a seu canto e mal conseguia falar, porque desde o primeiro momento tinha percebido uma atração. É claro, Jerzy viu exatamente o que estava acontecendo e tratou de atormentar o Thomas. Isso acontecia toda vez que ele e o Thomas estavam juntos e era muito ruim, porque, quando mudamos para Nova York, Jerzy era uma das muito poucas pessoas interessantes que conhecíamos e por meio dele poderíamos conhecer todo mundo.

Por um tempo, tentei com todo empenho criar para nós um mundo afastado da Business School e dos colegas de Thomas. A maioria deles era gente cansativa, e os que não eram gostavam de mim, mas quando eles deixavam isso claro, Thomas agia como uma criança mimada ou fazia uma cena depois que eles saíam, se tivessem vindo à nossa casa, ou então quando chegávamos em casa vindo de aonde quer que tivéssemos ido. Entrei em contato com algumas colegas de turma de Radcliffe que moravam em Boston ou nos subúrbios. Uma delas também tinha estudado comigo em Farmington. Eu tinha a ideia de que amizades antigas podiam ser revividas. Como me sentia constantemente exaurida pelo cansaço, não era uma coisa fácil de fazer, mas eu me esforçava. A reação de duas delas — uma morava em Dover, a outra em Cambridge — foi maravilhosa. Fez-me lembrar que ser Lucy De Bourgh tinha seu lado bom. Elas queriam mesmo me ver, conhecer o Thomas, apresentar-nos a seus amigos. Mas depois de um jantar num fim de semana ou de um almoço na casa delas, seguido por uma refeição em nosso apartamento ou num restaurante italiano em North End, eu podia perceber que não tinha sentido. Elas haviam casado pouco depois de se formar, com homens um pouco mais velhos. Um era advogado. O outro trabalhava para Raytheon em alguma atividade científica. Todas elas tiveram casamentos adequados com bonitos convites Shreve and Crump, damas de honra e padrinhos; tinham filhos no jardim de infância ou na primeira e segunda séries; jogavam tênis em quadras cobertas e fechadas. Os homens tinham barcos a vela que guardavam em Marblehead. Se o tempo estivesse bom, saíam para velejar nos fins de semana. Nas férias de verão, levavam seus barcos para o Maine para ficar com os pais em Mount Desert, onde o clã inteiro podia se reunir. Era a mesma história de meus primos Borden e Hubbard em Boston. Eles gostaram do Thomas, seja lá o que isso signifique, talvez o tenham achado divertido, só que ele não velejava, não esquiava, era mais jovem e muito cheio de si. Não havia lugar para o Thomas quando eles reuniam os amigos nos sábados à tarde para dançar ao som de toca-discos. Nem para mim. As esposas, talvez os homens também, sentiam que havia alguma coisa errada em mim. No que foi que deu todo o tempo que eu tinha passado em Paris, e tinha ocorrido um problema lá em Farmington, embora elas não conseguissem se lembrar exatamente do que se tratava, tinha havido algum tipo de problema entre mim e meus pais, e onde eu tinha conhecido o Thomas e afinal quem era ele mesmo, por que elas não tinham sido convidadas para o nosso casamento, e tínhamos mesmo casado em Bristol? Você pode imaginar esse tipo de coisa. Minhas antigas amigas de escola e minhas primas com a vida bem encaminhada, sua rotina de festas e jantares, e uma vez por mês, ou quantas vezes fossem, um tempo para rodar na pista de dança na noite da valsa. Minha prima Bessie na verdade nos convidou duas vezes. Thomas não tinha fraque, mas isso não era problema, ele vestiu seu smoking, que havia comprado sozinho e por isso não tinha um corte bom e na verdade não caía bem nele. O verdadeiro problema era que ele não sabia dançar valsa. Mal sabia dançar! Onde poderia ter aprendido? Não tentei ensinar. Não adiantava, porque, naquela pista de dança, ou você dança mesmo muito bem ou você vira um estorvo. Eu gostava de valsar. Gostava daquelas noites e para mim não fazia a menor diferença se Thomas sabia ou não sabia dançar. Mas a Bessie parou de nos convidar. Talvez isso não fosse nenhuma novidade, mas a verdade é que só então eu estava tomando consciência de um fato muito simples. Lucy De Bourgh estava *déclassée*, não era mais alguém que as pessoas mantinham em sua lista depois de ter entrado nela. Além do mais, eu ficava cada vez pior. O dr. Reiner achava que eu não estava fazendo o esforço suficiente durante nossas sessões; mais uma vez falava em me mandar de volta para McClean; me mandou fazer uma avaliação com um colega dele na Marlborough Street, um homem horrível que falava em tentar um tratamento de choques elétricos. Fugi de seu consultório aos prantos. No dia seguinte, quando vi o dr. Reiner, ele disse que o tal homem da Marlborough Street talvez devesse ter me explicado como havia progredido a terapia de choques elétricos e que era apenas uma entre várias terapias possíveis. No entanto eu devia estar ciente de que ele, o dr. Reiner, considerava embaraçosa nossa incapacidade de progredir e estava falando muito a sério. Fez perguntas sobre meu trabalho, que na verdade era a única coisa que estava indo bem em minha vida, e sobre Thomas, como sempre. Respondi a verdade. O casamento tinha sido um erro; eu não gostava de Thomas; eu estava afundando num pântano. O dr. Reiner não deu nenhuma resposta. Ele estava destruindo minha vida e esvaziando minha conta bancária, enquanto fingia que procurava uma resposta.

Lucy começou a chorar, pela primeira vez desde nossos primeiros encontros. Estávamos sentados num banco do parque. Pus o braço sobre seu ombro e lhe dei umas palmadinhas de leve, incapaz de encontrar palavras de consolo.

Tudo bem, disse ela, obrigada. Ou melhor, não está tudo bem não. Você sabe como eles fodem com a gente, a mãe, o pai, não que eles queiram fazer isso, mas é o que fazem. É claro que você sabe do que estou falando. Sem dúvida eles foderam com a minha vida, ou então, se não foram eles, foram os homens que me usaram, inclusive o Thomas, ou todos aqueles malditos De Bourgh e Goddard, que me transmitiram os genes errados. Não tive a vida que esperava. Tenho certeza de que já lhe disse isso umas dez vezes, mas repetir mais uma vez não torna tudo menos verdadeiro. Ou a vida que eu merecia. De todo modo, até o Thomas podia ver que eu estava doente. Ele me perguntou o que o dr. Reiner tinha me aconselhado a fazer. Menti e disse que estava me mandando de volta para a clínica McLean. Eu jamais contei para o Thomas que já tinha ficado internada naquele lugar, quando voltei de Genebra, portanto aquilo caiu como uma bomba. Ele sabia que eu tinha um parafuso frouxo, mas agora ele sabia de fato que tinha casado com uma mulher doida. Provavelmente ficou assustado e propôs ir falar com o dr. Reiner e conversar sobre o que devia ser feito. Respondi que ele não precisava se preocupar. Não havia nada que o dr. Reiner pudesse fazer por mim a não ser tomar meu dinheiro e prescrever medicamentos. Melhor do que qualquer pessoa, eu sabia do que precisava: mudar a maneira de viver. Senão, teria um colapso. Ele podia ter certeza disso. Iam me deixar trancada para o resto da vida.

Naquela noite, quando estávamos na cama e eu ia me levantar para pegar o diafragma, ele disse: Não ponha. Vamos ter um filho. É a mudança de que você precisa em sua vida. Você vai ver. Vai ser feliz e vai sentir-se bem. Enquanto isso, me tocava exatamente do jeito que eu disse que tinha de fazer e, quando gozei, tive uma visão de como seria um bebê meu, e como eu ia amá-lo, como eu faria tudo para garantir que tudo desse certo para ele, uma visão tão forte que falei: Sim, faça isso, e puxei Thomas para dentro de mim. Trepamos a noite inteira. Não sei quantas vezes ele gozou. A coisa louca é que não engravidei logo. Fiquei menstruada, e depois menstruei de novo e ainda mais uma vez. Por fim a menstruação não veio e fiz o exame. Lá estava a criança. E durante todo esse tempo eu falava com o dr. Reiner sobre o assunto e como seria ter um filho e criá-lo e como tudo ia dar certo, e ele me deixava tagarelar desse jeito e nunca dizia as únicas palavras sensatas para se dizer, que um filho jamais serviu para consertar um casamento ruim ou para curar alguém feito eu. É claro, Thomas e eu deveríamos saber disso por nós mesmos ou deveríamos ter ouvido conselhos diferentes e melhores. E assim nasceu o Jamie, e era a criança mais linda do mundo, o mais perfeito e mais lindo homenzinho que já se viu neste mundo, e também era um menino muito bom. Depois sofri dois abortos, um depois do outro. Para que estávamos tentando ter mais um filho? A gente se acostumou a transar sem diafragma. Ele gostava e eu também. Então a depressão tomou conta de mim, mais forte do que nunca. Agora você entende? Está vendo como é bobagem falar que eu devia trabalhar? Eu estava ruim quando nos mudamos para Nova York. O apartamento tinha sido forrado com papel de parede havia pouco tempo, as cortinas eram novas, mas eu estava em farrapos. Foi assim que você me encontrou em sua primeira visita.

Respondi que, se era esse mesmo o caso, ela havia disfarçado muito bem.

A lembrança de suas queixas sobre o apartamento ser situado no lado norte da rua 72 e no lado errado na avenida e tudo isso, eu disse para Lucy, me fez pensar por um momento que você podia ser uma figura saída de um desenho de Peter Arno. Você e Thomas pareciam a imagem perfeita de um jovem banqueiro de investimentos de Wall Street e sua esposa descendente da linhagem do navio *Mayflower* ou do *Arabella*, uma imagem que se ampliou ainda mais quando a babá trouxe o Jamie e ele ficou correndo pela sala, em seu macacão Carter's com pezinhos.

Fico feliz que você tenha pensado assim, respondeu Lucy, de sobrancelha franzida. Para sua informação, meus primos Warren vieram no *Mayflower* e meus primos Dudley vieram no *Arabella*. Os De Bourgh e os Goddard chegaram mais tarde. Seja qual for a impressão que nós demos para você naquele dia, a vida era um verdadeiro inferno e, dali para a frente, só fez piorar. Na verdade eu tinha um médico novo que era muito solícito de fato, pelo menos no início, e a babá, aquela que parecia a Tia Jemima da massa de panquecas, era muito boa, a melhor que já tivemos. Mas pediu demissão; não conseguia suportar as brigas entre mim e o Thomas. Eu estava solitária. Estava um bagaço, e quando afinal conheci pessoas de que gostei, por intermédio de Penny Stone, que tinha voltado de Paris e estava morando em Nova York — provavelmente você se lembra dela, era modelo fotográfico na época —, Thomas foi nojento com aquelas pessoas. Havia outros, a velha turma. Um poeta veado que conheci em Paris e que mais tarde me traiu, um pintor. Gente que tinha talento e que começava a receber algum reconhecimento e que, de todo modo, sabia ser interessante. Thomas estragou aquilo tudo. Exatamente como tinha feito no caso do Jerzy! Dizia que eles eram vulgares; o fato é que se sentia ameaçado por eles. Queria ficar com gente da sociedade, sabe como é, amigos de meus pais, primos distantes e tudo isso, ou então com seus colegas e seus clientes. Tudo isso mudou, é claro, quando Thomas virou um figurão das finanças e passou a frequentar círculos intelectuais nos quais estavam todas as pessoas que ele tinha toda certeza de que eram importantes de verdade. Mas isso só veio mais tarde, depois que nos separamos e quando ele já tinha se juntado com aquela horrenda Jane Morgan!

Não havia como Lucy entender aquilo, mas ela me deu exatamente a deixa de que eu precisava.

Você quer dizer depois que o convenceu a aceitar o divórcio, perguntei.

Ele era um impostor, respondeu Lucy, um impostor muito inteligente e sorrateiro. Você nem pode imaginar como aquilo me deixava cansada. Eu devo ter pedido divórcio umas cem vezes. Toda vez que eu dizia: eu sei o que você anda fazendo, ele ficava com aquela cara de bobo, se fazia de morto, ou então tinha uma explosão de raiva. E ele dizia: Se eu fiz alguma coisa errada e você puder provar, me diga o que foi e eu vou dizer se é verdade ou não. Vou lhe dar todas as explicações que deseja, vou admitir o que for verdade, mas não me acuse de coisas que não pode provar. Eu tinha medo dele, medo de que me matasse. É claro, eu não podia provar nada, ele era cuidadoso e furtivo demais, porém isso não tinha importância nenhuma para mim. Eu sabia e pronto. Minha intuição nunca se enganou. Um jeito que eu tinha de ter certeza daquilo era o fato de Thomas querer novas formas de sexo. Ele experimentava fazer aquelas novidades comigo, em geral quando eu estava quase dormindo. Alguém andava lhe mostrando coisas que eu juro que ele não conhecia, e ele sentia falta daquilo quando estava comigo. Se eu dissesse: Por que está fazendo isso? Não é o que fazem marido e mulher, a menos que o sexo normal já não funcione com eles, e então Thomas tinha o descaramento de alegar que estava apenas fazendo o que havia notado que me deixava realmente excitada. Por fim entendi o que estava acontecendo: não eram putas para quem ele pagava nem a pornografia que ele via na Oitava Avenida. Eu estava a par de tudo aquilo; ele me fez ver de ponta a ponta os filmes *Garganta profunda* e *Atrás da porta verde*. Era a Jane Morgan. Por que outra razão a gente vivia o tempo todo com os dois, ela e seu marido horroroso, o Horace, em quem ela deu um pontapé na bunda assim que teve certeza de que havia fisgado o Thomas no seu anzol? Não havia outro motivo. Outros advogados naquela firma e em outras empresas de advocacia trabalhavam para o Thomas e ele nem por isso vivia chamando os advogados e suas esposas para jantar com ele e comigo nesse ou naquele restaurante. Acontece que ele tinha de estar com ela. Não importava que eu ou aquele homem também estivéssemos lá ou não. Cheguei a apanhar os dois tocando os pés por baixo da mesa. Falei com meu médico sobre isso e ele disse: Se é assim, você devia pensar em deixar tudo às claras nesse relacionamento e fazer todo mundo assumir sua responsabilidade. Foi o que eu fiz. Liguei para o Horace em seu trabalho e disse: Tem isso e tem aquilo que você devia saber: seu grande amigo e cliente, o sr. Thomas Snow, está trepando com sua esposa. Talvez você precise conversar com ela a respeito. Ele desligou na minha cara sem dizer nenhuma palavra e, quando liguei de novo, a secretária disse que ele estava numa reunião e não podia atender. Não admira. Não ver, não ouvir: ele não queria saber de nada que fosse complicar suas relações com o cliente mais importante, talvez até fosse despedido por isso. E assim, no dia seguinte de manhã, na hora em que Thomas ia sair para o trabalho, contei para ele o que eu tinha feito e posso garantir que acertei em cheio, bem no ponto onde doía mais. Ele ficou branco e saiu do apartamento sem dizer nenhuma palavra. Achei que ia chegar em casa à noite e ser violento. Já tinha batido em mim antes, por nada, naquele mesmo mês. Tinha reservado uma mesa no restaurante do Metropolitan Museum onde Al Gordon ia ser homenageado, tinha convidado alguns de seus amigos de negócios de costume, inclusive, é claro, a repugnante Jane e seu marido. Eu disse que iria e depois alguma coisa aconteceu comigo. Estava toda arrumada, vestida, mas não podia ir, não conseguia sair de casa; sentei no chão e gritei. Tudo bem, ele teve de reorganizar a distribuição de lugares em sua mesa, mas, afora isso, não teve tanta importância assim. Thomas disse: Pare com essa besteira, senão vou chamar o médico. Não parei, eu nem mesmo queria parar. Tudo bem, me disse ele. Vou dar o telefonema. Cheguei lá antes dele. Era um telefone ligado à tomada por um fio muito comprido, para que pudéssemos nos movimentar pela sala. Joguei o telefone contra ele com toda a força, mirando no peito. Mas a pontaria foi ruim; acertei no meio da cara. Ele foi ver se o nariz estava sangrando — é claro que não estava, tinha só cortado o lábio — e me deu um tapa na cara, com muita força; deixou uma marca vermelha na bochecha. Portanto, como você pode ver, eu tinha motivo para ter medo.

Mas ele voltou para o apartamento muito mais cedo, no meio da tarde. Eu estava na biblioteca. Thomas não disse nem uma palavra. Eu também não. Em poucos minutos, eu o vi com uma mala na mão. Deve ter ido ao closet onde guardávamos a roupa. Dessa vez eu o segui enquanto ele levava a mala para o quarto e jogava dentro dela seu material de toalete, fotos de Jamie que estavam em cima de sua cômoda e um terno. Talvez algumas camisas e outras coisas. Tudo em completo silêncio, enquanto eu observava. Assim que terminou, foi para o quarto de Jamie. Eu o segui, de novo. Jamie estava acabando seu dever de casa, da escola, e Hugh Cowles, o professor de St. Bernard's que dava aulas particulares para ele à tarde, estava de saída. Thomas se despediu de Hugh com sua voz normal. Aquelas foram as primeiras palavras que ouvi Thomas falar desde o momento em que entrou em casa. Então, na hora em que Hugh saiu pela porta, o monstro disse para Jamie que não ia mais morar conosco naquele apartamento, mas que os dois iam se encontrar muitas vezes, e mais alguns absurdos desse tipo, e que, de todo modo, quando Jamie fosse para Exeter no outono, tudo seria diferente. Jamie não devia ficar preocupado. Como o monstro sabia que eu iria deixá-lo se aproximar do menino? Como você pode imaginar, Jamie chorou e, quando Thomas tentou acalmá-lo, disse — e eu jamais vou me esquecer do Jamie falando isso, na época ele era um menino tão bonzinho —, eu amo você, papai, eu queria tanto que você ficasse com a mamãe e comigo!

Não consigo lembrar que tipo de resposta o Thomas deu. Pegou sua mala e saiu sem dizer nenhuma palavra para mim. Eu nem mesmo sabia para onde ele estava indo. Mais tarde, sua secretária telefonou para dizer que ele podia ser encontrado no Plaza, mas apenas — ainda me lembro da vibração na voz dela quando falou isso — em caso de uma emergência verdadeira. Você pode acreditar numa coisa dessas? Aquele sacana nunca mais voltou para o apartamento, nem mesmo retirou suas coisas de casa. Mais ou menos um mês depois, quando sua secretária telefonou para me dar o endereço e o telefone dele, num apartamento que ele havia comprado na rua 73, falei que eu ia pôr tudo dentro de caixas e mandar para ele, se ele pagasse a empresa de mudança. A secretária respondeu que ia verificar e me avisar depois. E fez isso no dia seguinte. O sr. Snow sugeriu que eu pedisse ao ascensorista do elevador de serviço para se livrar de tudo o que eu não quisesse para meu uso pessoal.

Vínhamos tendo nossas conversas no apartamento de Lucy na hora do chá e descobri que estar ali, no local do crime, por assim dizer, me ajudava a visualizar os acontecimentos que ela contava. Como era de esperar, Lucy estava abalada, assim como eu, e quebrei minha regra autoimposta e perguntei se não podíamos tomar um drinque ou algo mais forte do que o chá.

Você sabe onde está a bebida, respondeu ela.

Eu trouxe para nós os uísques de costume e bebemos num

silêncio de camaradagem, que rompi para fazer outra pergunta, desta vez algo que eu tinha certeza de que iria provocá-la.

Ele batia com tanta força quanto o Hubert?

Ela me deixou surpreso ao reagir com uma risada. Não, Thomas sempre foi um maricas e um fresco.

Levei um momento para assimilar a resposta e lhe disse que dali a dois dias ia viajar para a casa em Sharon, onde ficaria o resto do verão.

Bem, acho que você obteve o que desejava, respondeu, portanto agora não precisa mais de mim. Parece que esse é o padrão que se repete em minha vida. Os homens se servem à vontade com o que eu tiver para oferecer e vão embora, batendo a porta com força. Só que você jamais faria algo tão explícito: você sairia na ponta dos pés e fecharia a porta com toda a delicadeza.

Eu já ia protestar, mas ela ergueu a mão e acrescentou: Não se preocupe, não estou aborrecida com você, vou partir para Little Compton amanhã. Peter e Mary Chaplin vão dar uma festa para inaugurar sua casa nova. Venderam a casa grande e se mudaram para um lindo chalé perto do clube. Mas, se eu me sentir entediada ou houver sapos demais na água, talvez eu vá visitá-lo em Connecticut. Deixe-me conferir se tenho o número de telefone correto.

9.

Como mencionei antes, o fim de semana que contei para Lucy que eu ia passar com minha prima idosa Hetty, na Filadélfia, na verdade passei em Water Mill, com Jane Morgan e Ned Morris, seu novo marido. Peguei o trem em Southampton no sábado de manhã, Jane me pegou na estação e chegamos à sua casa a tempo de um almoço um pouco tardio. Era minha primeira visita àquela casa, embora Thomas tivesse me falado muitas vezes a respeito dela. A única coisa que eu sabia sobre o novo marido de Jane era que Thomas o trouxera para trabalhar como sócio em sua empresa poucos anos antes de se aposentar e retirar-se do negócio. A casa, na verdade, era um tortuoso arranjo de tábuas brancas, na Flying Point Road, erguida num jardim crescido demais, que terminava num brejo de água salgada. Mais adiante, estendia-se o oceano. O pobre Thomas adorava aquele lugar, dizia Jane, com todas as suas imperfeições. Todos os quartos de formatos estranhos, que não havia como usar, as quatro varandas, a maneira como tudo de novo que era levado para dentro da casa acabava sendo instantaneamente engolido.

Poltronas e sofás que tinham acabado de ser reformados e cortinas novinhas e penduradas uma semana antes pareciam estar lá desde o início dos tempos. Ele comprou a casa e fez uma reforma antes de resolvermos casar. Thomas dizia que era a casa que ele sempre havia desejado, e é impossível não sentir a presença dele aqui. Sabendo disso, provavelmente você vai perguntar por que eu e Ned decidimos morar aqui. Acho que a resposta é que também gostamos da casa, e muito. Jamie não queria a casa — ele não pretende passar seu tempo na Costa Leste —, mas nem ele nem eu queríamos pôr o imóvel à venda, assim Ned a comprou do espólio. Desde então, Jamie está aqui e diz que se sente bem. Posso adivinhar o que você está pensando: o apartamento em Nova York. Thomas deixou-o para mim e não vi nenhuma necessidade de me mudar.

Pobre Thomas, de fato! Não contei para ela que poder comprar a casa de Water Mill e deixá-la em boas condições deve ter sido a realização suprema dos mais caros sonhos de Thomas, no estilo de Walter Mitty.* Talvez Jane se desse conta disso. Em troca, eu lhe disse que minha casa em Sharon, embora menor do que aquela, tinha muitas das mesmas características.

Encontramos o marido de Jane em seu escritório, fazendo o que eu supus ser aquilo que grandes banqueiros de investimento fazem nos fins de semana: falava no telefone com um cliente em Moscou. Eu o observei, enquanto Jane fazia uma pantomima destinada a pôr fim no telefonema. Calculei que fosse uns quinze anos mais jovem do que Thomas, alto e corpulento, com uma cara de Li'l Abner e mãos grandes e sardentas que eu podia imaginar segurando o punho do taco de golfe com tanta força que os nós dos dedos ficavam brancos, enquanto ele se preparava para acertar a bola no buraco, dando menos tacadas do que a

* Personagem criado pelo escritor James Thurber. (N. T.)

média. Uma olhada pelo escritório confirmou minha intuição. Era um depósito de lembranças de torneios de golfe, medalhas, fotografias de Ned com homens de cara vermelha que supus serem jogadores de ponta, tacos de golfe e sacos de golfe velhos o bastante para pedir aposentadoria. Será que Ned era mais feliz multiplicando seus milhões ou nos gramados de golfe? Levando em conta sua aparência excelente, será que tinha importância a fortuna que ele já possuía ou aquele ar de ter o mundo a seus pés? Que diferença para Thomas, que nunca aprendeu a jogar golfe e que, depois que descobriu a esteira na academia de ginástica, onde oferecia bolsas para seus empregados e seus colegas, desistiu até de suas caminhadas diárias no Central Park.

Por fim, Ned desligou o telefone e me garantiu que havia muito tempo desejava conhecer pessoalmente o grande romancista que também tinha sido um grande amigo de seu mentor e sócio falecido. Ao ver que Jane já havia me trazido um gim-tônica e servia para ele o que parecia uma dose de bourbon com gelo, Ned falou que era melhor tomarmos nossos drinques na mesa. Seu telefonema de trabalho recomeçaria dali a pouco mais de uma hora. Fiquei contente de ver que a mesa estava servida numa varanda fechada por uma tela e que lá estavam lagostas frias à nossa espera. Apesar de estarem partidas ao meio e de as pinças estarem destacadas, as lagostas exigiram nossa atenção e alguns minutos passaram antes de nos voltarmos para o tema político número um do momento, os fervilhantes preparativos para a campanha de reeleição de 2004.

Falei para Ned que Jane me falara a respeito do senador Kerry. O que você acha dele?, perguntei.

Ned riu. Um herói de guerra, um ativista contra a guerra de fato corajoso, um grande político. E um ótimo sujeito. Estou do lado dele e estou fazendo tudo o que posso para ser útil. Sou até fã da Teresa. É claro, eu também conheci o primeiro marido e gostava dele. O tipo certo de republicano. Não sei se Jane contou para você, mas sou de Pittsburgh, ou melhor, de um subúrbio. Sewickley. Minha família conheceu os Heinze desde sempre. Éramos sempre chamados para suas festas de Natal. Jane me contou que você gostaria de ajudar a dar impulso à campanha, mas tem dificuldade para fazer contato com as pessoas certas. Vou ver o que posso fazer para iniciar esse contato.

Tínhamos colocado as cascas e as carcaças das lagostas no que Jane chamou de travessa de ossos, havíamos terminado uma salada de alface crespa e eu tinha bebido taças e mais taças de vinho branco. Eu achara a comida e a bebida excelentes e se tornara bastante claro para mim que eu gostava de Ned, que ele e Jane formavam um bom casal, o tipo de casal que deixa os outros à vontade e felizes. Senti uma pontada de inveja quando pensei num tempo, não tão remoto assim, em que Bella e eu recebíamos os amigos para almoçar na varanda de nossa casa em Sharon, que, à maneira gaulesa, também eram almoços excelentes.

Uma jovem tirou os pratos e voltou com as travessas das sobremesas e uma enorme tigela de morangos. Estufas de fazendeiros locais, explicou Jane. Na sua viagem seguinte, a jovem trouxe biscoitos açucarados que pareciam feitos em casa. Cumprimentei Jane pelos biscoitos. Ela sorriu e Ned encheu minha taça mais uma vez. Minha cabeça começava a girar, mas não fiz nenhum gesto para detê-lo.

Vamos todos tomar café?, perguntou Jane, e virou-se para Ned e disse: Se precisa voltar para seus oligarcas antes que eles fujam para suas datchas, posso levar o café para o escritório.

Seria ótimo, respondeu Ned. Vou dar uma olhada em minhas anotações antes de dar o telefonema.

Que homem simpático, falei, quando Jane voltou. Estou imensamente grato por essa oportunidade de conhecê-lo. Sobrou algum café? Como você deve ter percebido, estou um pouco alto.

Ela encheu minha xícara de novo e deu uma palmadinha em minha mão.

Sim, é um homem muito simpático, disse ela. É até melhor do que isso. Tome aqui mais um gole de café. Se estiver com vontade, posso levá-lo para andar um pouco.

A praia estava tal como eu me lembrava do tempo em que eu e Bella ficávamos em East Hampton com amigos: branca, aparentemente infinita e, mesmo naquele esplendoroso sábado de junho, deserta, exceto por alguns pais que, aqui e ali, brincavam com os filhos em jogos de raquete, perto da entrada do estacionamento. Caminhávamos depressa, Jane dava o ritmo e, embora a areia fosse dura e lisa, depois de meia hora de marcha a seu lado, comecei a me perguntar quanto tempo mais eu conseguiria aguentar naquele passo. Talvez Jane tenha percebido minha fadiga e disse: Vamos voltar. Não queremos descobrir que estamos em Montauk. A volta foi mais fácil, mas quando chegamos a Water Mill, fiquei grato ao ouvir a sugestão de sentarmos próximo à duna e relaxar.

Escute, disse ela de repente, eu gostaria de desabafar algumas coisas. Não consigo deixar de pensar no tipo de veneno que Lucy anda insuflando em você durante suas visitas. Eu não devia me preocupar. Nunca haverá uma biografia, mas os dados existem e são de deixar qualquer um orgulhoso. Thomas teria apreciado o obituário que saiu no *Times*. Publicado na primeira página, na parte de baixo, não havia nada errado e o tom do texto ficou perfeito. O pessoal da empresa dele o adorava. Assim como seus clientes, especialmente aqueles ministros da Economia e diretores dos Bancos Centrais do México e da América Latina. Assim como todo mundo que trabalhou para ele, depois, em sua fundação, e acho que o mesmo é verdade para os centros de pesquisa com os quais ele colaborava e lugares como o Conselho de Relações Exteriores. Mas você lembra o que diz Marco Antônio:

"O mal que os homens fazem vive depois deles; o bem, em geral, é enterrado junto com seus ossos". Verdade ou não, é cáustico e tétrico. Eu gostaria de pensar que o bem que Thomas fez viverá por um tempo. Ele fez muita coisa boa — em silêncio, porque era tímido. Não fez nenhum mal; tenho certeza disso. Nunca vi ou soube de nenhuma ação sua que fosse maldosa ou tivesse intenção de ferir alguém. Thomas era seu próprio crítico, e o mais severo de todos. O exemplo que mais vai interessar você é a convicção de Thomas de que agira de forma irresponsável — tinha sido criminosamente negligente, era como dizia — quando casou com Lucy, porque bem no fundo sabia que o casamento seria um fracasso, e de novo quando disse para ela que desejava ter um filho, porque devia ter se dado conta de como seria penoso ter pais como eles dois. A pior parte, segundo Thomas, foi a forma pérfida como tudo isso se confirmou. Ele conseguiu sair incólume. Não me importo de dizer: juntos, tivemos uma vida muito feliz. Quanto ao sucesso profissional de Thomas, é desnecessário falar. Ganhou uma boa quantia de dinheiro. Isso não era supérfluo para ele. Nós dois sabemos sobre Lucy. É claro, ele se deu conta de que ela tivera problemas sérios antes do casamento, porém mesmo assim Thomas não conseguia tirar da cabeça a ideia de que ela poderia ter vivido muito melhor casada com um homem bem diferente. Por exemplo, um homem que tivesse autoridade suficiente para fazer Lucy andar na linha. Eu dizia que ele estava louco. Dizia que Lucy mataria qualquer um que tentasse fazer isso. O milagre, do ponto de vista de Thomas, era que Jamie fosse um filho excelente e que o relacionamento entre ambos fosse tão bom. Thomas adorava o filho. Desculpe, percebo que estou me perdendo e falando demais. O importante que quero ressaltar, porém, é bem simples, na verdade: Thomas dava o maior valor a você, gostava muito de você. Se existem lacunas na imagem que você tem do Thomas, acho que ele não merece que seja Lucy a preencher essas lacunas.

Pelo menos o casamento com aquela senhora foi conduzido de forma sóbria e ponderada, falei comigo mesmo, e me senti sem graça de voltar ao assunto do casamento fracassado. Mas Jane, por sua vez, me havia instigado a fazer perguntas. Resolvi tomar suas palavras ao pé da letra.

Existe uma lacuna que me intriga, disse eu. Por causa do Jamie, mesmo que não houvesse outros motivos, deixar a Lucy deve ter sido muito doloroso para o Thomas. Quantos anos tinha o Jamie? Treze? Catorze? O casamento tinha sido conturbado quase desde o início. Quando almoçamos na cidade, você me contou espontaneamente que não foi você o motivo pelo qual Thomas deixou a Lucy e que eu não devia acreditar na Lucy se ela contasse uma história diferente. Pois ela conta mesmo; diz que Thomas a deixou por sua causa, e ela é bastante rica em detalhes quando fala no assunto. Mas, se isso está errado, por que ele saiu de casa? Por que naquela hora? Por que não depois que o Jamie foi para o colégio interno? Ou mais cedo, antes de Jamie nascer?

Você tem razão, respondeu Jane. Deixar o Jamie foi muito doloroso para o Thomas e muito doloroso para o Jamie também. Thomas disse que vê-lo chorar quando lhe contou que ia sair de casa foi o momento mais doloroso de sua vida. O fato estranho é que não sei por que ele saiu de casa naquele momento específico, embora eu percebesse, assim como quase todo mundo em volta deles, que o casamento era conturbado. Não sei mesmo. Thomas se recusava a me contar, dizia que saiu de casa porque tinha de sair e não queria conversar sobre aquilo; as circunstâncias não diziam respeito a mais ninguém, além de Lucy e dele mesmo. Eu não via motivo nenhum para insistir. Será que Jamie sabe? Não tenho a menor ideia; ele não fala do assunto desde que o pai morreu e eu nem sonho em perguntar para ele. Além de Lucy, a única pessoa que sabe é seu antigo colega e amigo Alex van Buren. Thomas deixou isso escapar, certa vez. Não acha esquisito? A única explicação que me veio à cabeça é que, quando aquilo aconteceu, Thomas estava sob um forte estresse e precisava de fato contar para alguém, e Thomas era muito ligado ao Alex. Os empregos de verão que ele teve na casa dos pais de Alex em Newport e a relação com toda aquela família tinham um significado muito grande para ele. Talvez o Alex se sinta à vontade para contar a você. Se for assim, eu prefiro não saber o que você descobrir.

Voltei para a cidade no domingo à noitinha, telefonei para o Alex e soube que ele e Priscilla tinham acabado de voltar de Long Island — no caso deles, de North Shore. Quando perguntei se ele teria um horário disponível para encontrar-se comigo, respondeu: Por que não amanhã? No Paddock. Meio-dia e meia. Não, você é jovem demais, disse ele, descartando a sugestão que eu fizera de levá-lo para jantar. Além do mais, prosseguiu, já escrevi uma carta para o comitê de admissão falando de você e o Josiah apoiou a proposta. Vai ser muito bom para você mostrar a cara para os rapazes. Antes do Natal, teremos você como sócio do clube.

Como eu temia, Alex desperdiçou meia hora ou mais me apresentando para um monte de frequentadores no bar e exaltando as virtudes que fariam de mim uma pluma no chapéu do clube. Em consequência, quando terminamos nossos drinques e afinal sentamos na ponta da mesa comprida, onde milagrosamente ficamos sozinhos, não hesitei em entrar direto no assunto.

O encontro por acaso com Lucy no balé, falei, logo depois de eu ter voltado a morar na cidade, remexeu um caldeirão de antigas lembranças adormecidas, e a imagem da garota que ela era quando a conheci em Paris veio à minha mente com muita nitidez. Não tenho certeza de que lhe contei que conheci Thomas Snow por intermédio dela, também em Paris; na verdade, ela o levou ao meu apartamento a fim de me apresentá-lo. Thomas e eu ficamos amigos desde o início. Todos nós mudamos, mas ela mudou de uma forma que me deixa estupefato. Não posso atribuir tais mudanças apenas, e nem mesmo principalmente, à idade. O fato é que a velha Lucy — a engraçada, original, endiabrada garota que conheci tão bem em Paris — desapareceu. Ou melhor, de vez em quando tenho relances muito rápidos e momentâneos daquela garota, como se fosse uma alma penada. Ela tem consciência da mudança e, em sua mente, Thomas é o responsável por boa parte, talvez a maior parte, da devastação sofrida. Lucy é muito amarga e hostil. Fico chocado com o fato de que muitas das coisas de que Lucy se queixa — como ela sempre deu e ele sempre tomou, como ela nunca recebeu nada em troca — têm relação com a falta de senso de oportunidade da parte dela mesma. Lucy não permaneceu com Thomas até o momento de colher os frutos. Você sabe a que me refiro: sucesso, dinheiro, posição. Na hora em que aquelas coisas boas estavam prestes a acontecer ou tinham começado a acontecer, ele saiu de casa intempestivamente. Lucy deixou bem claro que foi ele quem decidiu sair de casa, e na maior afobação. Por quê? Por que naquele momento? Se eu acreditar no que ela diz, o casamento era uma grande confusão já fazia bastante tempo, quase desde o início mesmo.

Alex fez que sim com a cabeça, mas ficou em silêncio.

Estou contente de ver que você concorda, falei. Bella e eu achávamos que era assim, mas não tínhamos nenhuma ideia mais próxima do que se passava entre os dois, e Thomas, que continuei a ver até o fim, nunca conversava sobre sua vida com Lucy. Na verdade, ele me dava a forte impressão de que perguntas sobre o assunto não seriam bem-vindas. Mas falava muito sobre o Jamie.

Alex fez que sim com a cabeça outra vez e disse: Então Lucy andou fazendo lavagem cerebral em você. Ou melhor, abastecendo você com o que, para você, é informação nova.

Ela tem tentado, respondi, e essa é uma das muitas razões por que pedi para conversar com você. Acredito que conheça a segunda esposa de Thomas, Jane Morgan, e seu marido atual, Ned Morris. Acontece que passei esse último fim de semana com eles em sua casa em Water Mill. Jane conversou comigo a respeito do Thomas e de seu desejo de proteger a memória dele do efeito de quaisquer difamações. Jane voltou, com ênfase considerável, a algo que ela já me contara há algumas semanas — quer dizer, que Thomas não deixou Lucy por causa dela. A propósito, é exatamente esse o âmago da minuciosa versão dos fatos que Lucy apresenta. Jane afirma que não estava acontecendo absolutamente nada entre ela e Thomas na época em que ele saiu de casa e deixou Lucy, que eles só se uniram bastante tempo depois. Não tenho dúvida de que Jane está dizendo a verdade. Mas o fato de Lucy contar uma mentira tão elaborada sobre aquilo que, no fim, foi o fator decisivo e, em especial, a maneira como ela insiste nessa mentira me fazem pensar que conhecer o motivo real para a saída de Thomas talvez seja a palavra mágica de que necessito. Pode me dar uma luz para compreender melhor a Lucy. E talvez o Thomas também. É claro que perguntei para a Jane. Ela me deixou pasmo ao responder que não sabia; estava totalmente no escuro. Thomas não queria conversar com ela sobre o assunto. Jane diz que, nessa questão, só você e Lucy sabem o que aconteceu de fato. Pode me contar? Sem dúvida é o que Jane gostaria. Como ela diz, Lucy não deveria ser a única pessoa capaz de preencher as lacunas na história do Thomas. Ou "me aplicar uma lavagem cerebral", para usar a sua expressão. Você pode perfeitamente querer saber por que estou tão interessado em preencher as lacunas. A resposta é que toda essa história se transformou numa espécie de obsessão.

Vamos pedir o almoço, respondeu Alex. Que tal o prato especial do dia? O picadinho com creme de espinafre daqui é de primeira. Você vai querer repetir.

Foi minha vez de fazer que sim com a cabeça.

Uma taça de vinho tinto?

Fiz que sim de novo.

Estou contente que isso esteja resolvido, prosseguiu. E essa sua obsessão: na verdade não seria uma obsessão com um livro que você quer escrever? O pobre e velho Thomas não está em condições de dizer sim ou não, mas posso lhe garantir que aquela srta. De Bourgh vai querer arrancar seu couro cabeludo se você a enfiar num romance, e vai querer arrancar o meu também se eu contar para você e ainda estiver vivo quando o livro for publicado.

Dei para Alex uma variante da resposta que já dera a Lucy e disse que ela se mostrara segura o bastante para continuar falando comigo e que, na verdade, estava até ansiosa para contar tudo. Além do mais, acrescentei, o livro talvez nunca fosse publicado. Por exemplo, eu podia mudar de ideia e querer trabalhar em outra coisa, escrever o livro podia se revelar algo difícil demais, eu podia ser desviado por algum outro projeto.

Uma coisa está clara, disse Alex. Se Lucy não lhe contou a história verdadeira até agora, não vai lhe contar nunca. Não tenho certeza de que vá trazer algum benefício para você e para seu livro saber o que aconteceu, mas é uma boa história. Não vou esconder de você, se me der sua palavra de honra de que nunca vai repeti-la para ninguém, fora do seu livro, nem deixará que ninguém saiba que ouviu essa história de mim. Especialmente a srta. Lucy.

Ergui a mão e apertei a dele num gesto solene.

Muito bem, disse ele, não era necessário tomar tão ao pé da letra o que falei. Como disse, vou correr o risco do que você vier a escrever no seu livro, mas não quero nenhum falatório à minha volta enquanto eu falo. Não tenho nada programado para esta tarde. Se você está livre, vamos terminar nosso almoço e mandar servir o café na sala de jogos de baralho. É um bom lugar para conversar sem sermos incomodados.

É uma história que remonta a muito tempo, disse Alex depois que serviram nosso café, e para falar de maneira mais exata, tenho de recuar muito, não até Adão e Eva, mas a até Lucy e mim. Uma parte da história você deve ter ouvido da srta. Lucy. Se ela tiver aberto seu quimono para você tanto quanto eu imagino, surgiram muitas oportunidades para disparar bombas contra mim, e eu aposto que ela não perdeu nenhuma dessas oportunidades.

Fez uma pausa e me fitou de modo indagador. Fiz que sim com a cabeça — timidamente, como me dei conta mais tarde — e disse que ela mencionara seu nome uma ou duas vezes.

Foi o que imaginei, disse Alex, rindo. No entanto, a primeira coisa que é preciso ter em mente é que meus pais, minha irmã, meu irmão, os sobrinhos e sobrinhas e, é claro, eu adoramos o Thomas desde o tempo em que era aluno no ensino médio e todos demos a maior força para ele quando entrou em Harvard e ganhou uma bolsa de estudos que lhe permitiu fazer o curso. Na época, a oficina de carros ainda não era aquilo em que se transformou, digamos, dez anos depois, quando o velho Ben Snow ganhou uma fortuna. Cá entre nós, não tenho certeza de que Lucy saiba disso, meu pai deu uma mãozinha também para que isso acontecesse. Vamos saltar para o último ano de Thomas na faculdade. Para agradar meu pai, na avançada idade de trinta anos, eu me condenei ao curso de dois anos na Business School. Lá estava eu, queimando as pestanas, e me ocorreu que, em termos de Repouso e Recuperação — R e R, era como chamávamos isso nos meus tempos de fuzileiro naval —, poucas atividades podiam se equiparar a dar uma trepadinha com minha velha amiga Lucy, de quem eu vinha tirando umas casquinhas — muito discretamente — desde o tempo em que ela estava no último ano da Miss Porter's. Que pequena mais explosiva! Ela estava em Bristol, entende, havia voltado de Paris, estava de coração partido por sei lá quem, na época eu não tinha a menor ideia, o irmão dela, John, contou para Lucy que eu estava em Cambridge e ela foi me procurar. Ficar perto da Lucy era uma proposta perigosa por causa da Priscilla, com quem eu já andava me encontrando em Nova York e com quem eu já decidira me casar. Eu não havia informado a ela sobre esse meu plano, mas mesmo assim... Você diz que se lembra da Lucy de seus tempos de Paris como uma jovem divertida e, o que mais você disse, "endiabrada"? Exatamente isso, mas você devia ter visto a Lucy no colégio e depois, em Radcliffe. Dinamite. Pois bem, será que a recompensa valia o risco? Resolvi que sim, e aquela foi uma aposta da qual nunca me arrependi. Fiz a Lucy se mudar para um apartamentozinho que eu tinha em Boston e, meu caro Philip, se aquelas paredes pudessem falar! Mas tudo o que é bom chega ao fim. Mais uma vez, só aqui entre nós, na época do Natal, Priscilla me pressionou muito de leve, eu a pedi em casamento e meu pedido foi aceito. Meus pais ficaram entusiasmados, a família Baldwin era exatamente o nosso tipo de gente. Estávamos juntos havia séculos e essa também foi uma aposta da qual nunca me arrependi. Mas eu tinha de contar para a srta. Lucy. Ela não gostou nada da novidade. Por sei lá que razão, ela meteu na cabeça a ideia de que ela e eu iríamos nos unir em matrimônio! Nada seria mais tolo porque, a qualquer menção de tal casamento, por mais ligeira que fosse, minha mãe e meu pai teriam soltado fogo pelas ventas. Não por causa dos De Bourgh, que, *entre nous*, encaravam os Baldwin de nariz empinado, mas sim porque Lucy havia adquirido uma fama ruim. E também não ajudava muito o fato de Priscilla nunca ter sido capaz de suportar a Lucy, desde o tempo do colégio, e de Lucy saber muito bem disso. Consegui acalmar a Lucy, o R e R continuou, minha gratidão não conhecia limites e comecei a pensar seriamente em ajudar Lucy a se restabelecer na vida. Foi aí que pensei no Thomas, que na última vez em que eu tinha estado com ele me disse que uma garota de Radcliffe com a qual andava saindo tinha dado um pé na bunda dele. Entrei logo em ação e promovi uma festinha em meus aposentos de estudante da Business School, para a qual convidei alguns de meus colegas mais animados, e que fique entendido que isso não quer dizer grande coisa, assim como seus futuros amores. Não falei nada de minhas intenções para Thomas, mas expliquei para a Lucy por que o Thomas era, como ela mesma disse depois de me ouvir falar, um *bonne affaire*. Dizer que os dois se deram bem é um eufemismo. Não sei se os dois já foram logo para a cama naquela mesma noite, mas na semana seguinte eu lhes ofereci meu apartamento em Boston. Eu me perguntava se Lucy não seria assombrada por lembranças de seus tempos comigo lá. Mas eu nem precisava me preocupar. Ela não brincava em serviço.

Os dois me falaram daquela festa, murmurei, escandalizado com o papel de Alex como uma espécie de cafetão que oferece o serviço completo, e tentei não demonstrar isso. Mas até agora eu não sabia do apartamento.

Alex riu e disse que um ou outro ou ambos devem ter julgado que era um detalhe picante demais. A questão verdadeira, que eu mesmo me fiz várias vezes, é o que eu estava querendo. No que dizia respeito a Lucy, a resposta é relativamente clara. Eu queria me livrar dela, deixando-a com outro interesse para mantê-la ocupada, e eu sabia que o Thomas seria bom para ela. Mas e quanto a Thomas? Eu achava mesmo que estava fazendo um bem para ele? Em retrospecto, parece que não, mas na época o panorama era diferente. Eu imaginava que a Lucy ia civilizá-lo, ensinar-lhe boas maneiras, mostrar como se vestir, apresentá-lo a pessoas de um tipo melhor, além de lhe fornecer um sexo de primeira. Eu desconfiava que a experiência de Thomas neste último departamento era tristemente limitada. Devo dizer que ela fez tudo isso, tal como eu havia imaginado, até o sexo. Por que outro motivo Thomas teria ficado tão empolgado? É claro, nunca passou pela minha cabeça que haveria consequências de longo prazo. Um casamento, eu teria dito que isso era inimaginável. Mas, como Henry Kissinger nos fez acreditar, o inimaginável é sempre possível. Vou lhe dizer o que acredito que deu errado na verdade, por que razão o casamento não funcionou e talvez não pudesse mesmo funcionar. Não foi o fato de Lucy ser um pouco mais velha ou ter um número excessivo de experiências picantes e apimentadas das quais ele não tinha ideia e que provavelmente não teria compreendido ou aceitado, ou o fato de os dois terem origens sociais tão discrepantes. Tudo isso poderia ser acomodado, assimilado. Não, o ponto que eu não levei em conta, e que não entendo como Lucy pode ter deixado de perceber e, caso tenha percebido, como ainda assim foi capaz de casar com ele, o ponto é que, no fundo, ela não gostava do Thomas. Esse é um problema que não há como resolver. Sem uma simples afeição, afeição, não sexo, um casamento não pode dar certo. Veja o casamento de Priscilla comigo. Temos nossas diferenças, eu não fui um marido exemplar, mas gostamos de verdade um do outro. Fazemos as mesmas coisas para ficarmos juntos. Nada de extraordinário, capaz de surpreender você. Nossos tempos de velejar terminaram, vendi o veleiro, mas ainda jogamos tênis e Priscilla até me levou para um grupo de leitura. Não o dela, é claro, é exclusivo para senhoras, mas uma espécie de anexo para homens, assim eu posso ficar em dia!

Alex deve ter notado a impaciência que achei que tinha conseguido reprimir e falou: Espere aí! Não perca a esperança! Estamos quase chegando ao fim da apresentação do Velho Testamento, com só mais um fato crucial que deve ser acrescentado. Tenho a convicção de que, a despeito de toda sua inteligência e sensibilidade, ou Thomas jamais se deu conta da relação entre mim e Lucy quando eu o apresentei a ela, ou, no caso de ter tido algum vislumbre da verdade, tratou de enterrar aquilo rapidamente, e tão fundo que nunca mais tivesse de olhar de novo para o assunto. O outro lado da moeda é que Lucy jamais contou para ele, assim como não lhe contou a respeito do cara da Suíça.

Achei melhor erguer minhas sobrancelhas e me mostrar intrigado.

Certo, você não soube nada a respeito dele ainda, respondeu Alex. Mas vai saber. Porém, para voltar àquilo que eu estava dizendo, acredito de verdade que Lucy jamais contou para o Thomas, por mais que ela tivesse adorado enfiar uma faca na barriga dele e na minha. Lucy se deu conta de que, se fizesse isso, haveria um grande risco de Thomas sair esbaforido pela porta afora. A propósito, fatos subsequentes provam que eu tinha razão em pensar que essa seria a reação provável de Thomas se Hubert — é o nome do herói suíço — viesse à tona algum dia. Sem dúvida, pôr o Thomas para fora de sua casa era uma coisa com que a Lucy sonhava acordada. Mas colocar a si mesma numa posição ruim e deixar para o Thomas a iniciativa de ir embora e deixá-la, bem, isso era uma coisa fora do seu programa. Em consequência, Thomas e eu continuamos muito ligados. Se ele não pensava em mim como um irmão mais velho, pois talvez julgasse isso pretensioso, eu era algo como um tio jovem, alguém que o compreendia e em quem ele confiava. Você entende o que quero dizer.

Garanti a Alex que entendia e era verdade.

Obrigado, respondeu. Agora, pausa para uma troca de pneus. Quer usar as instalações sanitárias?

Balancei a cabeça.

Também está na hora do uísque. Scotch com soda?

Respondi que adoraria.

Muito bem, disse ele ao retornar, a radiação que aplicaram em mim por causa de um problema na minha pequenina próstata me obriga a ir toda hora ao banheiro. Ah, aqui está o uísque, bem na hora em que precisava. Vamos adiantar o filme outra vez, para o ano do rompimento. Foi no início de maio, uma terça-feira. Priscilla e eu tínhamos passado um fim de semana prolongado em Newport e decidi parar por um tempo de vir almoçar aqui e, em vez disso, eu comia um sanduíche em minha mesa de trabalho. Isso foi antes de sermos comprados pelos alemães, e o papai contava comigo para manter nossa nau firme no curso numa época de fortes ventos de proa. Só aqui entre nós, nunca na vida trabalhei tanto como naquela ocasião, nem antes nem depois. Minha secretária tinha saído para almoçar depois de trazer meu almoço e eu mesmo atendi o telefone. Era Thomas. Percebi logo que estava muito perturbado e, quando perguntou quando poderia me ver, respondi para ele vir na mesma hora. Já em meu escritório, ele foi direto ao assunto. Vou lhe dizer por que acho que tenho de deixar a Lucy, começou, deixar a Lucy hoje mesmo, e, sim, deixar o Jamie, e quero que você me diga se estou louco. Respondi: Vamos conversar, mas primeiro vou lhe servir um drinque. Sempre tinha um pouco de uísque guardado no escritório e servi uma boa dose para ele. Thomas bebeu de um só gole e me deu uma explicação que era tão coerente que acho que me lembro de tudo, palavra por palavra. Vou repetir para você agora. Finja que é o Thomas que está falando, menos quando eu entremear algum comentário.

Portanto aqui está o que o Thomas me disse:

Existe um homem, disse ele, que conheço desde os tempos da Business School, ele era meu melhor amigo lá, Will Reading. Você deve ter sido apresentado a ele; herdou o título enquanto estava estudando e agora é chamado de Lord Reading. Também fizemos muitos negócios juntos. É diretor do banco da família e por acaso está agora em Nova York. Nós íamos jantar amanhã, com a Lucy, mas por volta das dez horas desta manhã ele me telefonou e disse que tinha de falar comigo imediatamente e sugeriu que eu fosse à sua suíte no Carlyle.

"Lembra quando telefonei para você, de Londres, pouco depois que você e Lucy resolveram casar", disse Will quase que na mesma hora em que entrei na suíte, "e contei para você que eu tinha encontrado a Lucy no Savoy Grill almoçando com um cara que disse que era primo dela? Os dois estavam de mãos dadas e ela não ficou nem um pouco satisfeita de me ver ali. Liguei para você porque achei que devia. Você resolveu tratar aquilo como se fosse nada, e ao longo dos anos passei a pensar que talvez você tivesse razão. Lucy é uma grande garota, e vocês têm o Jamie." Reading estava se referindo a um tempo logo após o nosso noivado, quando Lucy, de modo inesperado, partiu para Paris e me disse que tinha de fazer a viagem para resolver várias coisas relativas ao apartamento e ao carro dela. Fiquei arrasado com o que Reading me contou e tive vontade de romper o noivado. Mas Lucy jurou de pés juntos que não tinha acontecido nada, que aquele sujeito, um jornalista suíço, disse ela, com quem estava almoçando, era alguém que havia conhecido muitos anos antes, e ela havia ido a Londres para lhe comunicar pessoalmente e de forma delicada que ela ia casar. Tive muita dificuldade para acreditar em Lucy. Examinamos aquela história nem sei quantas vezes e no fim resolvi aceitar que era verdade. "A propósito", prosseguiu Reading, "mais tarde encontrei de novo o tal sujeito sobre o qual eu lhe falei naquele telefonema. Eu o encontrei num jantar em Genebra. O nome dele é Hubert não sei de quê, é um jornalista muito conhecido e não há dúvida de que ele me reconheceu na mesma hora em que me viu. Meu rosto deve ter ficado gravado em sua mente, assim como o dele ficou na minha. Você lembra que ela contou para você que o tal sujeito trabalhava em Londres na época daquele almoço? Isso era pura conversa fiada. Fiz uma investigação discreta sobre a carreira dele e constatei que nunca morou em Londres. O mais provável é que Lucy e ele combinaram de se encontrar lá. Mas não foi por isso que pedi que você viesse aqui. O motivo é o seguinte. Quando voltei para o hotel ontem à tarde, eu diria que foi pouco depois das seis horas, e estava às voltas com minha chave, tentando abrir a porta desta suíte, ouvi alguém falar francês atrás de mim. Uma curiosidade banal me fez virar a cabeça e o que você imagina que eu vi? Na porta no outro lado do corredor estava o Hubert beijando a sua Lucy. Ela estava descalça, vestia um desses penhoares de hotel e não tenho dúvida de que estava nua em pelo por baixo do penhoar. Ou fiz algum barulho, ou eles sentiram minha presença por uma razão qualquer, o fato é que ele também se virou, de modo que não estava mais bloqueando a visão de Lucy, e nós três ficamos ali parados por um momento olhando uns para os outros. O aspecto cômico acabou me dominando e eu disse: Salve, Lucy! Não vejo a hora de jantar com você e Thomas depois de amanhã. Hubert é um sujeito grandalhão e deu alguns passos na minha direção. Achei que ia me dar um murro, mas Lucy gritou e, em vez disso, ele a empurrou para dentro do quarto, entrou também e bateu a porta com força. Respirei fundo e desci para bater um papo com meu amigo recepcionista e perguntei se a srta. De Bourgh estava hospedada no hotel. Por algum motivo, achei que ela não ia usar o nome Snow. De Bourgh, respondeu ele, é claro, a srta. Lucy De Bourgh possui um apartamento aqui. Ah, sim, *my lord*, fica exatamente no seu andar. É que o sujeito é britânico. Antigamente trabalhava no Claridge e me conhece bem. E o M. Brillard? O nome dele voltou à minha memória. Ah, sim, *my lord*, ele vem aqui muitas vezes. É primo da srta. De Bourgh e usa seu apartamento."

Sabe, Alex, prosseguiu Thomas, enquanto eu ouvia o Will tinha a impressão de que estava fechado dentro de um pesadelo. Mas não, eu estava na suíte de hotel do meu amigo Reading, ouvindo sua linda voz melodiosa, todas aquelas vogais chiques, a leve gagueira que não interfere em nada — na verdade, o torna ainda mais eloquente — e ele me oferecia um uísque, embora não fossem ainda nem onze horas da manhã. Enquanto eu bebia, a voz encorpada continuou falando: "Thomas, velho amigo", disse, "sei que estou magoando você, mas como eu poderia manter esse ultraje em segredo de você?". Não podia, eu lhe disse, você agiu bem.

Então esse é o fim do que Thomas me contou naquela tarde, disse Alex. Agora sou eu de novo, Alex, quem vai falar.

O que devo fazer?, me perguntou Thomas depois que terminou sua história. Fingir que não sei de nada? Deixar que Reading venha jantar amanhã — se ele quiser — e deixar que ele, no máximo, pisque o olho para ela quando eu for buscar mais uma dose de uísque? Ou devo ir embora e deixar a Lucy, que é o que tenho vontade de fazer? Se eu for embora, acho que tenho de fazer isso hoje. Não quero passar a noite com ela.

Respondi para Thomas que aquelas eram perguntas que só ele poderia responder. Todavia, falei assim, se ele preferisse ficar e fingir que a conversa com Reading não havia acontecido, ele podia também ter certeza de que Lucy iria perceber na mesma hora o que estava acontecendo. Ela ia saber que ele sabia. Por que Reading deixaria de contar para você?, perguntei. Vocês dois ainda são muito ligados.

Sim, respondeu Thomas, e não só por causa dos negócios.

Nós dois nos encontramos toda vez que ele vem aqui ou que eu estou em Londres. E, sim, já fiz essa mesma pergunta a mim mesmo. Ela talvez ache que Reading resolveu não me contar porque, da outra vez, a advertência que ele me fez não produziu nenhum efeito senão o de quase destruir nossa amizade. Eu sei que desde então ele se sente sem graça quando a Lucy está presente. Ele podia ter dito a si mesmo: Não vou me meter de novo nessa história, só vai servir para me trazer problemas.

É possível, respondi.

Thomas balançou a cabeça. Não importa. Não posso fingir que não sei. Não posso viver com ela como se isso não tivesse acontecido. E eu não seria capaz de acreditar nela se nós puséssemos tudo em pratos limpos e ela jurasse que nunca mais ia fazer isso. Na verdade, a questão é o Jamie. Posso deixar o Jamie com a Lucy? Como posso viver sem ele?

Foi então que perguntei ao Thomas: Você vai mesmo deixar o Jamie? Ele não está para sair de casa e ir para o colégio interno? Não acha que a Lucy vai aceitar alguma combinação razoável a respeito de visitas e esse tipo de coisa?

Thomas disse que se ele conseguisse ser objetivo acerca da situação teria raciocinado exatamente da mesma forma que eu: Jamie ia se formar na Buckley; um jovem professor de St. Bernard's que tinha servido como uma mistura de professor particular e babá, e o levava para casa depois da escola nos últimos três anos, aceitara permanecer com o Jamie durante aquele verão em Little Compton, uma vez que Lucy havia declarado que só ficaria lá por três semanas em agosto e Thomas não tinha certeza de que poderia tirar todo o mês de julho de férias; e, de fato, a partir do outono, Jamie ficaria em Exeter. E então ele me perguntou se eu achava que ele podia — ou devia — simplesmente ir para o apartamento depois que saísse de meu escritório, fazer as malas, se despedir de Jamie e ir para algum hotel. Tinha pensado no Harvard Club ou no Paddock, mas não queria estar num local onde pudesse encontrar conhecidos.

Respondi que ele tinha de se preparar para encarar muitas dificuldades, mas que era melhor fazer aquilo mesmo. Então, quando eu estava imaginando como seria a cena que ia acontecer lá no apartamento deles, me ocorreu que Thomas não devia ficar sozinho naquela noite e o chamei para jantar conosco. Uns drinques no apartamento e depois iremos a algum lugar para jantar. Pode imaginar? Thomas se mostrou muito emotivo e disse que gostaria muito, que sempre soube que podia contar comigo para protegê-lo. Foi assim que eu soube da história do que aconteceu quando ele foi para casa naquele final de tarde.

Lucy estava lá, Thomas contou para mim e para Priscilla, bem como o Jamie e o tal cara de St. Bernard's, o nome dele acabou de me vir à mente, Hugh Cowles, *entre nous*, uma pessoa que podemos encontrar toda hora, boa família e tudo o mais, que tem o aspecto de uma bicha, mas que na verdade é um paquerador bastante ativo e que esteve casado por breve tempo com uma das garotas Phipps. Lucy desligou o telefone — ela estava falando no telefone, na biblioteca, quando Thomas chegou — e disse: Puxa, você chegou em casa cedo hoje, ou algo parecido. Está doente? Ele não respondeu, tirou a mala do closet da sala e entrou no quarto de dormir para guardar suas coisas. Mas descobriu que na verdade não conseguia. Estava dentro de um caixão de vidro, morto, embora com perfeita consciência e capaz de falar, consciente da inutilidade de qualquer ação. Todavia jogou dentro da mala seu material de toalete, com as pílulas para dormir, algumas camisas, cuecas e meias e também um terno. Acrescentou as fotografias de Jamie que estavam sobre a cômoda. Durante todo esse tempo, Lucy ficou gritando: Não faça isso, Thomas, você está cometendo um erro terrível, o que aquele sacana do Reading lhe contou não é nada, nunca mais vai acontecer, e Thomas conseguia ouvir e entender o que Lucy estava dizendo, mas não conseguia responder. Ela estava longe e ele estava dentro de seu caixão. Ainda dentro do caixão, Thomas foi ao quarto de Jamie, esperou que Cowles saísse, contou para Jamie e tentou confortá-lo. O menino chorou muito. Ainda em seu caixão, Thomas empurrou Lucy para o lado, quando ela tentou barrar seu caminho na porta da frente. Na verdade eu queria bater nela, disse Thomas, e não só uma vez, mas não bati. Então entrou no elevador, pediu para o porteiro chamar um táxi e foi para o Hilton na Sexta Avenida.

Que coisa horrorosa, falei.

Alex fez que sim com a cabeça. Terrível. Um momento de comédia: naquela noite, enquanto tomávamos uns drinques, quando Thomas me contou que agora ele tinha só dois ternos, o que estava vestindo e um outro, à sua espera no hotel, falei que era melhor assim. Já estava na hora de ele parar de usar aqueles ternos da Brooks Brothers fabricados em série e deixar que meu alfaiate fizesse para ele roupas de gente grande. Mas isso nunca vai dar certo, retrucou Thomas, Lucy sempre disse que não sou nem nunca vou ser branco o suficiente para Anderson & Sheppard.

Alex e eu tomamos mais um uísque e saímos juntos do clube. Era a hora em que os taxistas punham a tabuleta de FORA DE SERVIÇO e partiam rumo a locais de reunião perto de Queensboro Bridge e passavam o volante para os motoristas que iam trabalhar no turno seguinte. Não adianta, disse Alex, vou capengando mesmo. Perguntei se ele ainda morava em River House. É verdade, respondeu, enquanto eu me oferecia para acompanhá-lo a pé até sua casa. O trajeto nos tomou mais tempo do que eu havia calculado. A artrite em seu joelho direito estava piorando e Alex se apoiava bastante na bengala. Ele tinha planos de substituir o joelho depois do verão. Priscilla e eu jogamos tênis todo inverno, disse Alex. Logo, logo vou estar dando cortadas na rede outra vez.

Quando nos despedimos, me disse: Agora você os compreende melhor?

Ainda não, respondi.

Bem, disse Alex, permita que eu aumente sua confusão. Mais ou menos um mês depois daquele dia de drama, quando o Thomas já tinha um apartamento para morar e havia se mudado para lá, eu e ele almoçamos no clube. Batemos um papo sobre o Jamie, sobre os tempos difíceis que ele estava enfrentando e sobre como ele, Thomas, ficava revivendo mil vezes em pensamento a separação e a cronologia de seu horrível casamento. Eu sentia pena dele, consciente, devo confessar, do papel que eu havia desempenhado naquela história, quando sem mais nem menos Thomas virou e me disse: Pare, Alex! Vou lhe contar uma coisa que vai fazer você pensar que sou maluco. Se eu pudesse viver minha vida outra vez, não haveria nada que me impedisse de casar com ela.

10.

Não houve da minha parte nenhuma tentativa imediata de descobrir a resposta para a pergunta que Alex me fez na hora em que nos despedíamos. Não, eu não tinha a menor certeza de que compreendia Thomas e Lucy melhor do que antes e também não tinha a menor certeza de que me importava com aquilo. Uma grande impaciência tomou conta de mim. Na hora em que cheguei em casa, sem sequer verificar se havia recados na secretária eletrônica, sentei-me à escrivaninha e comecei a trabalhar no livro de verdade, guardado no laptop, que já se aproximava de sua conclusão, e bani todos os pensamentos sobre Lucy e Thomas. O livro deles, eu disse para mim mesmo enquanto caminhava na direção oeste e depois para a cidade, depois de deixar o Alex em sua casa, era uma quimera; e em comparação com a crise encarada pelos personagens que eu havia inventado, as agruras de Lucy e Thomas, embora reais, não eram convincentes, talvez fossem até carentes de autenticidade! Tolstói não disse um dia que todos os casamentos infelizes são iguais? Se não disse, deveria: eu tinha a impressão de que havia topado com uma verdade importante. Fosse ou não o caso, naquela tarde e no início da noite, trabalhei duro, não deixei minha mente divagar e, por volta das nove horas, eu havia atingido minha meta diária de duzentas palavras. Cansado e exaurido de ideias, tomei banho, pus para tocar um CD das sonatas de Haydn, um presente recente de um amigo alemão, e preparei para mim mesmo um jantar de ovos mexidos, queijo de cabra cremoso Vermont, dois pêssegos — os primeiros pêssegos maduros que consegui encontrar no supermercado — e meia garrafa de Côtes du Rhône. Comi à mesa da cozinha. No mesmo estado de relaxamento induzido pela música e pelo vinho, me rendi cheio de culpa à minha fixação em Lucy e Thomas.

Alex me contou que a última vez que viu Thomas foi mais ou menos no fim de janeiro de 1998, menos de duas semanas antes do acidente na Bahia. Isso dá menos de um ano após meu último encontro com Thomas e Jane, em Paris, em meados de abril de 1997. Thomas afirmava que a Suprema Corte havia cometido um erro fatal ao decidir que Paula Jones podia levar adiante sua acusação judicial de assédio sexual contra o presidente Clinton enquanto ele ainda exercia seu mandato. Eles abriram uma verdadeira caixa de Pandora, disse ele, e puseram o país no rumo de uma crise constitucional totalmente desnecessária.

Jane achava a posição de Thomas carente de princípios morais e escandalosa. Se existe alguma coisa de verdade na história que a mulher contou sob juramento, por que ele deveria sair ileso das consequências de sua conduta, só porque, pouco depois de acontecer, foi eleito presidente?

Nenhum motivo, respondeu Thomas, só que ele vai passar a ser acossado de todas as formas possíveis. Não esqueça que todos os malucos direitistas do país não param de atiçar aquele tal de Kenneth Starr. Ele vai lavar em público toda a roupa suja de Clinton, todos os seus pecadilhos mais revoltantes, e causar um grave estrago à sua presidência. O público americano não liga se o presidente desperdiça seu tempo nos campos de golfe. Mas sexo! Eles vão crucificar o Clinton por causa disso, muito embora seja uma distração que toma menos tempo e que provavelmente faz mais bem à saúde do que o golfe.

O atendimento era demorado demais no restaurante na Avenue Montaigne para o qual Thomas me havia convidado por causa de uma resenha que Jane tinha lido, que elogiava o gênio de seu chef famoso. Como era terça-feira, dia em que os museus franceses não abrem, Thomas organizara para eles uma visita privada aos aposentos reais em Versalhes. Estavam com pressa e nossa refeição terminou numa ligeira confusão, com promessas de voltar antes de partirem de Paris, mas sem nenhum plano mais concreto. No caminho de volta para o meu apartamento, caminhando primeiro por Cours Albert 1er e depois pelo cais, percebi que era melhor ter comido menos e renovei meus votos de evitar almoços gastronômicos em companhia de visitantes americanos, mesmo aqueles de quem eu gostava muito. Na verdade, não voltamos a nos ver durante aquela visita. Normalmente eu teria procurado por eles quando fosse passar o verão nos Estados Unidos, mas segui direto para a Costa Oeste, onde dei aulas numa oficina de literatura em Berkeley, e de lá fui direto para Sharon. Telefonei quando, afinal, passei por Nova York em meu caminho de volta para Paris, mas os dois estavam fora da cidade. Aquela oportunidade perdida foi a última; quando viajei de novo para Nova York, já fazia meses que Thomas havia morrido. O obituário saiu no *Herald Tribune*, bem como no *New York Times*, e houve reportagens extensas no *Wall Street Journal* e na *Economist*. Todos incluíam uma descrição minuciosa do acidente. Thomas estava nadando numa praia da Bahia e foi morto por uma lancha de corrida que puxava um esquiador aquático. O piloto, sozinho na lancha, estava dirigindo com uma só mão no volante, a cabeça virada na direção do esquiador, a quem não queria perder de vista. Tanto a lancha quanto o esquiador passaram por cima de Thomas, provavelmente a lancha o matou na hora, enquanto Jane, que entrara na água e andava com dificuldade enquanto a cena se desdobrava, chorava e chorava.

Essas lembranças soltas, como na verdade tudo o que eu recordava de Thomas, eram nítidas, mas me ocorreu que por causa do fascínio que Lucy exercia sobre mim, e talvez também por eu me lembrar de Thomas tão bem que podia, de certo modo, tomá-lo como algo fora de questão, eu me mantivera concentrado quase exclusivamente em Lucy. Eu gostava de Thomas, apreciava sua companhia; aquilo parecia ser mais do que o bastante. Mas começou a ficar claro que, se eu queria compreender o que havia acontecido com ele e com Lucy como casal, era melhor eu tentar pensar em Thomas de maneira mais analítica. Se eu era de fato capaz disso, não podia garantir, por razões que não deixam de ter relação com a forma como leio e escrevo. Por exemplo, nunca pensei saber "sobre o que" é um romance — de outra pessoa ou meu mesmo —, uma falha que tornou difícil, para mim, ganhar uma receita eventual suplementar como resenhador de livros e até responder aos jornalistas que me perguntam que mensagem os leitores devem extrair de meu livro mais recente. Minha resposta pronta para esta última pergunta — na verdade, uma resposta absolutamente sincera e não uma tentativa desajeitada de cunhar um *koan* — é que um livro é sobre aquilo que ele diz. Da mesma forma, meus personagens são a soma de suas ações e palavras, tais como relatadas por mim, e assim uma sequência de epítetos — bonito, inteligente, ambicioso, cordial, tímido — não acrescenta grande coisa para o leitor, em termos de informação importante. Caso fosse necessário acrescentar glosas explicativas desse tipo, duvido que eu fosse capaz de dizer algo melhor do que "divino Thomas, adorado por Hermes e rápido na escalada".

Pois a verdade era que Thomas havia galgado posições sociais com rara habilidade, e poucas pessoas poderiam dar um testemunho de sua ascensão mais seguro do que eu, que havia convidado o educado e eloquente pracinha de licença para o que deve ter sido sua primeira festa parisiense e, mais ou menos quarenta anos depois, fui seu convidado no mais sofisticado restaurante de Paris e o vi oferecer para Jane, que um colunista social poderia ter classificado, embora injustamente, de esposa troféu, as maçãs douradas do galho mais alto da árvore do sucesso. Não estou pensando apenas na suíte no Ritz, no BMW preto dirigido pelo motorista de uniforme que o levou do hotel para o restaurante e no qual os dois partiram rumo a um palácio, normalmente abarrotado de turistas e estudantes, que os dois iam visitar em paz e sossego, acompanhados apenas por um curador veterano. Aqueles eram pré-requisitos de um homem muito rico, e existem muitos deles, e Thomas tinha de fato ficado muito rico. Eu supunha que ele tinha feito doações polpudas para a restauração do château, talvez fizesse parte da direção da associação americana que tanto ajudou na conservação de Versalhes. Era possível que, nesse caso, fosse o bastante ser quem ele era. Mas no dia anterior ele e Jane tinham almoçado no Palácio Élysée com o presidente, que queria indagar Thomas acerca das causas principais da crise da dívida mexicana da década de 1980 e sobre a reestruturação que se seguiu e, em termos mais gerais, sobre as lições que os bancos que emprestavam dinheiro para a Rússia podiam extrair daquilo. E dois dias depois, Jane e Thomas foram jantar com o presidente do Banque de France, uma pessoa que Thomas conhecia muito bem e que estava interessada nos mesmos assuntos. Estava claro, e de fato já fazia tempo que aquilo estava claro para mim, que graças a talentos incomuns e à força de sua personalidade, Thomas havia ascendido a uma esfera frequentada apenas por poucos financistas e que ele havia ascendido na condição de um homem que conseguiu vencer sozinho. Eu pensava em suas eventuais explicações sobre a crise que tomou de roldão primeiro o México e depois vários países ao sul, um depois do outro, nas conclusões que ele havia extraído daquilo e no processo de tornar suas ideias aceitáveis para altos funcionários de governos que eram seus clientes para que eles tomassem as medidas práticas que ele julgava necessárias. As explicações eram intelectuais e desapaixonadas, muito diferentes das histórias de guerra contadas por outros banqueiros de investimento de alto escalão — meu primo Josiah, por exemplo —, aquelas bravatas heroicas sobre enormes negócios cujo destino estava por um fio, antes que eles entrassem em ação e promovessem o salvamento por meio de um telefonema no meio da madrugada. De vez em quando, também ouvi Thomas falar sobre o aspecto humano de suas façanhas nos negócios, mas a marca registrada de seus relatos eram invariavelmente os gracejos autodepreciativos.

Então por que me permiti pensar que Thomas havia "galgado" posições na sociedade, com todas as implicações pejorativas de tal expressão? Onde foram parar minhas pretensões igualitárias de centro-esquerda da União Americana pelas Liberdades Civis? O dedo apontava para o incorrigível esnobe que há dentro de mim, que não conseguia afastar os olhos de um indício condenatório: mal rompeu a casca do ovo, o self-made man teve o desplante de casar com uma herdeira de família nobre e tradicional. Esses pensamentos azedos me remeteram à tarde em que Lucy levou Thomas ao meu apartamento pela primeira vez, e à minha admiração com o fato de ela ter um namorado que era nada mais nada menos que um plebeu! E, enquanto eu ponderava qual seria minha reação espontânea, tive de concluir que minha escolha do detestável verbo havia acertado em cheio: é claro, Thomas havia ascendido, e Lucy não estava enganada ao se queixar de que ele queria chegar ao topo e que a usara como escada. Thomas tinha se aproveitado da posição social de Lucy e de sua modesta fortuna, que na época devia parecer enorme aos olhos dele. Mas como poderia ter sido de outro modo, se os dois iam casar, ou mesmo — inconcebível na época — simplesmente viver juntos, em pecado? Poderia Thomas ter evitado conhecer a família e os amigos de Lucy? Será que ela gostaria de passar as férias de verão, o Natal, o Dia de Ação de Graças e os demais feriados com o sr. e a sra. Snow em sua casa de telhas de alumínio, em estilo colonial, em algum fim de mundo no lado errado da linha de trem em Newport, em vez de ir para a mansão em Little Compton que Lucy tinha herdado ou para a sede da família De Bourgh, em Bristol? Teria Lucy querido viver apenas com o dinheiro que ele ganhou no período de muitos anos em que, apesar de tudo, ainda era estudante ou em que seu salário era uma ninharia? Isso significaria morar em Waltham ou em Somerville e não em Beacon Street, enquanto Thomas ainda estava na Business School e, mais tarde, quando Lucy continuava a fazer seu tratamento e Thomas cuidava da pesquisa na Business School e das atividades de professor; e no Brooklyn ou nas terras selvagens do West Side, ou então, horror dos horrores, em Hoboken, quando se mudaram para Nova York. Por acaso isso seria do agrado de Lucy? Se minha lembrança da minha primeira visita a eles na Park Avenue está correta, a resposta é não. Ela teria de se virar sem babás, sem faxineiras em horário integral, sem mordomos; é impossível imaginar como Lucy teria, nessas condições, se virado com o Jamie. O outro lado da moeda é que, se ela fosse uma investidora de longo prazo ou uma apostadora com nervos de aço e tivesse tido o cuidado de se manter unida a Thomas, em vez de empurrá-lo para o divórcio por meio de uma tramoia realmente para lá de vulgar, Lucy teria agido muito bem, em termos materiais. Muito provavelmente, Thomas teria continuado unido a Lucy, e ela, de modo inevitável, veria chegar sua vez de recolher os lucros no guichê de apostas do Jóquei Clube. No final das contas, Lucy teria "usado" Thomas, sua posição e seu dinheiro. É possível um casal continuar unido se um dos parceiros recusa ao outro aquilo que foi ganho ou recebido de forma desigual? Não creio que seja e, se estou certo, a verdadeira pergunta devia ser se, num casal que não esteja num equilíbrio aproximado, "ascender" é, desde o começo, o propósito do parceiro mais pobre ou socialmente inferior. Era uma aposta que eu não podia ganhar nem perder, mas eu apostaria qualquer quantia na tese de que Thomas se casou com Lucy porque estava apaixonado por ela e não queria perdê-la, o que ele temia que fosse acontecer caso não corresse o risco. No entanto isso não significa negar que, cravado no fundo dele, havia um forte instinto de autopreservação, que Thomas não correria o risco de casar com uma mulher com o estilo de vida dela, para usar uma expressão detestável que ainda não estava em uso na época, com os pressupostos de Lucy sobre aquilo que a vida lhe devia, e com sua fragilidade psicológica, se ela não tivesse bastante dinheiro. E como Thomas não era nem de longe aquele homem tão certinho que às vezes parecia ser, quem pode dizer se o estilo de vida de Lucy e sua fragilidade não tinham sido o chamariz a que ele não pôde resistir, uma fragrância tão forte quanto o sexo?

Ao reler minhas palavras, tive de rir da referência ao chamariz aromático. Se o cheiro doce do dinheiro de Lucy e de suas relações com a alta sociedade foi determinante para Thomas, ou lhe deu um levíssimo empurrão para atravessar a fronteira, ele foi um tolo. Sem dúvida o dinheiro de Lucy tornara a vida em Boston e em Nova York muito mais confortável nos primeiros anos. Sem dúvida Thomas pôde saborear, de modo culpado e quase sempre em segredo, a doçura da importância histórica dos De Bourgh e de sua posição social, condimentos que também amplificaram o prazer de trepar com a srta. Lucy. Mas e o empurrão que Lucy lhe deu, o trampolim que ela foi para o Thomas? Pura bobagem! Em lugar disso, eu via o desprezo sob o qual ela o mantinha, e como isso e a discórdia entre ela e Thomas haviam minado as energias dele e fatalmente teriam cortado suas asas, caso Thomas fosse menos resistente. Não havia como contornar o fato. Não era apenas Lucy: os dois haviam criado a confusão.

Inexoravelmente, fui levado de volta ao diagnóstico de Alex, de que o casamento tinha sido destruído porque, em última instância, Lucy não gostava de Thomas. Alex devia estar certo. Se gostasse dele, Lucy teria se mostrado mais generosa e Hubert não teria permissão para voltar à vida dela. Mas por que Lucy não gostava de Thomas? Era bonito, simpático e obviamente destinado ao sucesso. Lucy o havia escolhido. Onde ela havia se enganado?

De manhã, fui para Zabar's com a intenção de fazer um estoque de peixe defumado para levar comigo para Sharon no dia seguinte, quando partiria para lá a fim de passar o verão. Na Broadway, quando estava a não mais de cem passos da loja, uma jovem que conversava animadamente no celular, poucos passos à minha frente, deu uma guinada brusca para o meio-fio com a intenção de pegar um táxi do qual um passageiro estava desembarcando naquele momento. Sem notar a malinha que ela puxava atrás de si, talvez porque meus olhos estivessem fixos em sua enorme cabeça de cabelos ruivos e encaracolados, continuei andando sem mudar de direção até tropeçar em alguma coisa, que vinha a ser uma tira presa à mala. Minhas mãos estavam cruzadas nas costas — um costume que era metade afetação, metade uma tentativa de aliviar a dor permanente na região lombar. Não levei às mãos para a frente com rapidez suficiente para poder escorar a queda e ouvi um baque impressionante quando minha testa bateu na calçada. A jovem disse: Nossa, desculpe, e entrou no táxi. Duas ou três pessoas se detiveram para me observar. Aflito para não demandar sua assistência nem sua compaixão, levantei-me depressa, bati a poeira da calça e do paletó de linho grosso, e estava pronto para seguir caminho rumo ao Zabar's quando uma das pessoas a meu lado ergueu a mão e me disse que era melhor eu fazer alguma coisa com o sangramento. Toquei na testa e trouxe os dedos cheios de sangue. Em seguida olhei para mim mesmo na vitrine de uma loja e vi que a fonte principal de meu sangramento era um corte na sobrancelha direita. Havia também uma esfoladura menos alarmante logo acima.

Levar pontos e fechar meus cortes na emergência do hospital St. Luke's-Roosevelt, logo depois do Lincoln Center, levou menos tempo do que eu temia e fui liberado com a informação de que o médico em Sharon poderia tirar os pontos. Não era necessária nenhuma mudança em meu cronograma de atividades. Comi um sanduíche e um café com leite grande no Le Pain Quotidien na rua 65 Oeste e, satisfeito com meu estoicismo mais uma vez ostentado, cumpri minha missão no Zabar's, fiz as malas assim que cheguei em casa, escrevi bilhetes para pessoas que achei que pudessem estar interessadas, ainda que debilmente, em minha partida e, depois de mais um jantar de ovos mexidos, queijo, pêssegos e vinho, fui para a cama. O analgésico que os médicos da emergência me deram produziu o desejado efeito hipnótico. Os sonhos, que eu estava convencido de que eram fruto também do analgésico, foram tão repugnantes que me permiti não levá-los em consideração. Levantei de manhã revigorado, admirei meu rosto remendado no espelho do banheiro, tirei o carro da garagem, pus minhas escassas bagagens no porta-malas e parti para Sharon, *procul negotiis*, para o mais distante possível das atribulações humanas.

* * *

Na terceira semana de agosto, recebi um telefonema de Bill Taylor. Ele estava em sua casa em Lenox; as multidões do festival de Tanglewood tinham deixado Bill maluco. Por acaso eu estava ocupado demais com o trabalho para admitir a ideia de receber um hóspede, mesmo que fosse um hóspede que não apenas era autossuficiente, como também não pedia nada mais do que ficar escrevendo o dia todo? Eu não teria um quarto vago? Como havia terminado a primeira redação completa de meu novo romance, eu estava me concedendo uma pausa para respirar antes de começar a reler a sério o texto e acrescentar todas as alterações necessárias. Porém, mesmo que eu estivesse no meio do trabalho, mesmo que estivesse com o prazo muito apertado — uma situação que fazia muitos anos que eu conseguia evitar —, eu diria para Bill a mesma verdade: que eu estava dando pulos de alegria com a perspectiva de vê-lo e que ele podia vir o mais depressa possível e permanecer hospedado até ficar farto de Sharon. Existe sempre uma pequena ideia egoísta no fundo da cabeça de um escritor. A minha era de que eu podia mandar imprimir meu texto ali mesmo, no povoado, uma solução que custava caro, mas evitava fazer pressão demais na minha velha impressora, e pedir que Bill lesse o livro. Ele era alguns anos mais velho que eu; a exemplo de Alex, tinha estado na guerra e acho que estudara na mesma turma de Alex na faculdade. Diferente dele, porém, nunca tivera nada a ver com a *Lampoon*, com clubes de universitários, nem mesmo com o Signet. O pai de Bill se recusava a lhe dar um centavo que fosse, e ele não tinha nenhum dinheiro além da bolsa de estudos concedida aos ex-pracinhas e o que havia conseguido economizar de seu soldo no exército. Archie MacLeish o havia admitido em sua oficina de literatura no outono do seu ano de calouro, uma distinção fora do comum, ou até sem precedentes. Uma coletânea dos contos de Bill foi publicada alguns meses depois da sua formatura. Reconheci a qualidade de seu talento assim que li os contos, e minha admiração por sua obra não parou de crescer com a publicação de cada livro novo, que agora eram numerosos.

Não nos encontramos até eu ir morar em Paris, provavelmente porque ele não havia participado dos aspectos mais tolos da vida de um estudante da graduação. Naquela altura ele se tornara ligado a várias pessoas envolvidas com a publicação da *Paris Review*, uma ou duas das quais eu conhecia muito bem. Mas a apresentação foi feita por meu amigo Guy Seurat, que se tornara seu editor francês — como era também o editor francês de meus livros e de Bella. Bill era de New Orleans, onde por várias gerações sua família dirigira uma empresa de uniformes, que com o tempo se transformou numa empresa de transporte de cargas e de mudanças. O sul era um mundo que eu só conhecia por intermédio da escola de escritores sulistas, que na época estava muito em moda. As obras de Bill eram acentuadamente diferentes das deles. Mordaz e cerebral, esquivando-se de voos de retórica, suas histórias de brigas mortais entre irmãos por causa de propriedades eram mais parecidas, no espírito e na perspectiva, com os retratos pintados por Mauriac do canibalismo praticado pelos burgueses da região de Bordeaux do que com o tratamento de temas semelhantes adotado por Faulkner e, mais tarde, por Flannery O'Connor. Como muitos escritores e artistas americanos, ele deixou Paris nos anos 60 — eu fiquei em Paris por causa de Bella —, descobriu que não gostava da maneira como o petróleo e o gás estavam transformando New Orleans, voltava para Paris com frequência, ficava num *pied-à-terre* no Marais, mas nos anos 70 e 80 acabou residindo sobretudo num prédio de apartamentos de quatro andares sem elevador, na beira da estrada de ferro, na Lexington Avenue, que dividia com Dick Berger, um artista conceitual que aos poucos se tornava um nome da moda. Mais ou menos no fim desse período, depois que Dick se livrou dele sem nenhuma cerimônia, Bill comprou uma casa velha numa rua secundária e sossegada em Lenox. Ficamos bons amigos em Paris, nos tornamos bons colegas de profissão. Mas era Bella que Bill amava, que conhecia os detalhes dos casos dele, inclusive o desastroso relacionamento com Dick, e que lhe dava conselhos e consolo. Quando terminamos a reforma da casa em Sharon, Bill começou uma tradição de nos visitar lá todo verão, em geral no Dia do Trabalho. Ele ficou mais ligado a mim depois que Bella morreu, como se eu tivesse ficado de herança para ele. Bill agora também vivia sozinho; homens mais jovens o deixavam, um depois do outro, por motivos que Bill não conseguia decifrar ou que achava que não valia a pena discutir.

Alguns dias depois de sua chegada, convidei meu primo Josiah e sua esposa, Molly, para jantar. Bill gostava deles. Nossos jantares com eles, e com as filhas e netas que porventura também aparecessem, tinham se tornado uma tradição. Dessa vez, vieram sozinhos. Comemos na varanda fechada por uma tela, sentados numa posição de onde podíamos todos admirar a lua, que havia subido cedo e pairava acima de nós como um lampião amarelo. Eu tinha dispensado os serviços da sra. James e servia os bifes que eu havia grelhado na minha pequena churrasqueira ao ar livre, batatinhas assadas e uma salada de tomates, seguidos por uma torta de pêssego feita pela filha da sra. James. Era o tipo de jantar que Bella teria escolhido para uma noite quente de agosto, e eu não podia deixar de me sentir satisfeito por ter conseguido dar conta do recado. Exceto a Molly, que ia dirigir, todos nós bebemos meu velho Chinon em quantidade maior do que o razoável, e não me importei por Josiah ter caçoado de mim por causa de minhas conversas com o Alex e de minha obsessão geral com Thomas e Lucy.

É verdade mesmo, interveio Bill, Philip ainda se encontra com ela? Faz tantos anos que venci o vício de falar com a Lucy que, se me perguntassem se ela estava viva ou morta, eu teria de dizer que não sabia. Sei de fato que Thomas morreu há alguns anos e que ela, com toda a certeza, não havia morrido na época do acidente. O *Times* disse que Thomas havia deixado duas viúvas. É claro, conheço a Jane. Ela me entrevistou. Confesso que eu conhecia a Lucy muito melhor; nós nos encontrávamos toda hora em Paris, e depois em Nova York, quando Dick Berger e eu ainda estávamos juntos. Eu até conheci o Thomas; eu o via em Nova York. Depois, tudo acabou. No entanto, por que vocês acham que passou pela minha cabeça a ideia de que a Lucy talvez não estivesse mais viva? Seria a expressão de um desejo secreto?

Josiah riu. É porque morrer virou um hábito muito comum! Mas pode ficar sossegado. Lucy está bem viva e cheia de gás. Philip pode pôr você a par do assunto. No momento, ele é o maior especialista do mundo nesse tema.

Não gostei da pontada de maldade nos comentários de Bill sobre Lucy e fiquei contente quando a conversa mudou para a questão do Iraque. Um dia antes, um atentado suicida tinha explodido uma bomba no quartel-general das Nações Unidas em Bagdá, matando o chefe da representação da ONU no Iraque e mais de uma dúzia de pessoas. A incompetência de Paul Bremer, nosso novo procônsul, a incipiente guerra religiosa naquele país dominando pelas trevas, a pilhagem de seus tesouros artísticos que nossas forças armadas não conseguiam impedir e os ataques de emboscada contra nossas tropas nos enchiam a todos de apreensão e de abatimento. Pelo menos nos livramos de Saddam, exclamou Josiah, rompendo o silêncio. Bill protestou que, se os Estados Unidos estavam numa expedição para matar dragões, havia muitos outros na fila de espera, alguns ainda mais monstruosos, como Kim Jong-il. Ele, por exemplo, estava convencido de que, se continuássemos naquele caminho, o resultado seria a desmoralização de nosso país e a consequente desorganização da economia. Todo seu dinheiro, explicou Bill, exceto certa quantia em espécie que ele calculava ser mais ou menos suficiente para cobrir as despesas de um ano, estava em ações. Devia vender? Se vendesse, o que iria comprar? Josiah lhe deu um enfadonho conselho sobre a necessidade de diversificar e sobre as virtudes de investir em ações ordinárias. Quanto a ele mesmo, disse que estava comprando ouro para o fundo de segurança de sua família. Moedas de ouro. Sempre se pode achar um comprador, mesmo que alguma crise impeça que você saque seu dinheiro nos caixas automáticos. Além disso, a menos que o sujeito seja muito burro, é possível dar um jeito de driblar os impostos sobre os lucros. E acredite, acrescentou ele, se você guardar ouro, vai ter lucro.

No dia seguinte, tomei coragem e perguntei ao Bill se gostaria de ler meu livro. Respondeu que teria todo o prazer. Em troca, queria que eu lhe explicasse meu novo interesse por Lucy.

Notei, acrescentou ele, que deixei você chocado com o que falei sobre ela ontem à noite. Tomei uma dose de bourbon a mais do que devia antes do jantar e também bebi demais do seu vinho. O fato é que não consigo perdoar a Lucy pela maneira como se comportou quando eu e o Dick nos separamos. Talvez eu devesse, mas não consigo.

Respondi que meu interesse era algo absolutamente novo; eu também conhecera Lucy em Paris, de vez em quando a encontrava em Nova York, e em maio, logo depois de meu regresso a Nova York, topei com ela por acaso no balé. A mudança sofrida por ela me deixou chocado e fascinado. Não me refiro à mudança em sua aparência — nesse aspecto ela se saiu tão bem quanto se podia esperar. A questão era a raiva borbulhante que podia a qualquer momento, foi a sensação que tive, transbordar em forma de ódio, rancor e amargura, algo cujo potencial eu não havia percebido nela no passado. Lucy ficou sem senso de humor. A crueza de sua hostilidade com o Thomas, talvez ódio, muito embora o cara tenha morrido em 1998, quando os dois já estavam divorciados havia pelo menos vinte e cinco anos, me deixou surpreso e chocado. O que Thomas fez a ela? O que Lucy fez a ele? Como eu disse, o cara está morto e, enquanto estava vivo, não era tão mau sujeito assim. Eu gostava dele.

Bill riu e disse: Não tem nada de misterioso. Ela ferrou a própria vida. Lá no fundo, Lucy sabe disso, mas não adianta, porque ela não pode e não vai admitir que fez isso a si própria e assim precisa encontrar alguém em quem pôr a culpa. Thomas era o candidato lógico, e agora o pobre coitado nem tem mais como se defender. Na verdade eu a conheci muito bem, tanto em Paris quanto em Nova York. A rigor, eu era seu amigo íntimo e seu padre confessor, embora não fosse seu diretor de consciência, e ela bem que precisava de um! Mas isso parou quando Dick me deixou e ela tomou o partido dele — de forma gratuita, estúpida e maldosa. Como eu lhe disse, não a perdoei; desde então, não temos feito contato. Não que ela tenha tentado pedir desculpas ou fazer as pazes! Não, admitir que ela esteja errada não está no seu DNA. De todo modo, voltando ao tempo em que éramos os melhores amigos um do outro, uma espécie de relacionamento que se forma com mais frequência do que você pode imaginar entre um homem gay e uma mulher que acaba sendo comida por quase todo mundo que encontra, inclusive gente sinistra como aquele suíço, o Hubert. Ela precisa ter alguém com quem conversar. Quem poderia ser mais conveniente do que um veado simpático feito eu, que por acaso aprecia a companhia de mulheres? Lucy podia provocar meu pau o quanto quisesse, sem ter de baixar a calcinha, e obter solidariedade de alguém cuja própria vida sexual não era na época, e não é agora, nada simples. Eu também contava para ela meus problemas! Você conheceu o medonho Hubert? Pense no caso, você deve. Ele é amigo do Guy Seurat.

Balancei a cabeça, mas acrescentei que tinha ouvido falar dele e que a própria Lucy é quem me falara a respeito.

Que bom que você não teve esse prazer, disse Bill, ele é uma criatura repugnante. A chave para a Lucy é que ela é uma romântica dos pés à cabeça. Na certa contou para você que o Hubert trepava como um deus, ou algo assim, e que na época era um jornalista importante. Mas acho que o que decidiu a questão foi o status do Hubert como alpinista destemido e muito competente. Além de ser esquiador na neve. Você sabia disso?

De novo, balancei a cabeça.

Pois é, ele escalou sozinho a face norte do Matterhorn, só com um guia, e também a face norte do Eiger, que dizem ser de matar. Se ele não existisse, Lucy teria de inventá-lo: um sádico provido de um grande desejo de morte! O que mais a Lucy poderia querer? Ou então pegue o caso que ela teve com o Aly Khan! Sabia disso? Ele conseguiu encaixar a Lucy entre Rita Hayworth e Bettina. Eles faziam viagens noturnas de carro em alta velocidade para Deauville, porque um dos cavalos dele estava fazendo isso ou aquilo e ele tinha de estar lá. Tempos depois, Lucy me contou que nunca sentiu tanto medo na vida como nas viagens que fazia com ele em algum de seus automóveis possantes. O sexo, tal como descrito por Lucy, também era potencialmente letal.

Eu não sabia de Aly, respondi. Acho que não li os jornais certos.

Eles conseguiam manter tudo bem discreto, respondeu Bill. Não sei como faziam, mas deu certo, a única nota que vazou na imprensa foi na *Paris-presse*: Príncipe Aly acrescenta aristocrata americana ao seu haras. Nenhum outro jornal reproduziu.

A lembrança fez Bill rir tanto que seus olhos se encheram de lágrimas. Enxugou-os e prosseguiu. Vou propor uma teoria digna de Havelock Ellis. Para românticos neuróticos como Lucy, a verdadeira atração sexual e aquilo que podemos chamar de amor existem em duas posições antípodas. Uma habitada por amantes românticos genéricos, de preferência artistas e escritores. Esses são os bons sujeitos, mas não têm autorização para serem fracos, o que, quando paramos para pensar na maioria de nossos colegas, é um grande problema. Sacanas dominadores e sádicos se encontram à espreita no outro antípoda. Esse é o domínio do Hubert. A questão é como a srta. Lucy, com seu orgulho De Bourgh e tudo o mais — uma pessoa em Paris que conheceu também os pais dela, talvez o embaixador ao qual eu era muito ligado, me disse uma vez que os De Bourgh não acreditavam que mijavam e cagavam como as outras pessoas —, justificava para si mesma deixar que ele a usasse da maneira como fazia, quando o fogo de artilharia pesada começou. É nesse ponto que eu creio, e aposto qualquer coisa nisso, que a aura de aventura — o fato de ele esquiar, de escalar as montanhas Matterhorn e Eiger — foi uma credencial útil. Ela validava o que Lucy estava fazendo — e, mais importante ainda, o que ele fazia com ela. Isso deixava em aberto o espaço entre os antípodas, onde só sexo passageiro podia ocorrer e ocorria de fato. É aí, nesse terreno desimpedido, e estou convencido disso, que ela conheceu o Thomas, e era onde o caso com ele devia ter permanecido. Não sabemos se Lucy chegou a ter, na verdade, o amante romântico ideal nem quem pode ter sido ele, mas seguramente não foi o Thomas. E Thomas, para azar dele, também não era uma versão atenuada do Hubert. Quem dera! Nesse caso, Lucy teria amado Thomas com loucura, teria perdoado tudo, a menos que, como Hubert, ele cruzasse de fato uma linha vermelha bem visível. Mas, da maneira como estavam as coisas, o pobre Thomas estava fadado a comer o pão que o diabo amassou.

Devo dizer a você, prosseguiu, que tive muitas ocasiões para observar o ménage Snow em ação. Dick e eu fomos morar na Lexington Avenue pouco depois que eles se estabeleceram na cidade. Ela e eu havíamos mantido contato, portanto na mesma hora passamos a nos ver com frequência. Era patética a maneira como Lucy estava sufocada e tentava respirar mais livremente, como vivia desesperada para escapar à asfixia do tédio da existência em que aqueles dois tinham se metido: os colegas de trabalho com quem Thomas queria que Lucy se enturmasse, outros banqueiros, inclusive o Josiah, advogados com quem ele trabalhava em vários negócios. Que distância para o tipo de gente a que Lucy tinha se habituado em Paris! De fato, boa parte do bando de Paris estava aqui, mas Lucy tinha perdido o contato com eles e, por sua vez, eles também não estavam nem um pouco ansiosos para voltar a vê-la. Cá entre nós, e entre estas quatro paredes, no que diz respeito à maioria daquelas pessoas, Lucy era nada mais do que uma parasita que dava festinhas e jantares com boa comida. Isso tinha sido útil para eles em Paris, mas mesmo que ela tivesse tentado seduzi-los em Nova York, não ia colar. Você sabe como essas coisas funcionam. Velhos amigos caem num buraco negro ou se tornam bem-sucedidos demais. Portanto, eu fiz o melhor que pude. Por exemplo, aproximei Lucy de Penny Stone, você deve se lembrar dela, uma garota sulista que estudava pintura, posava como modelo e depois se dedicou à fotografia e estava trabalhando para a *Vogue*. Ela levava a Lucy para vernissages em galerias e apresentou-a a alguns de seus velhos amigos. Havia o Mac Howell, um poeta muito bom. Por meio dele, Lucy conheceu Gianfranco Rossi e toda uma galera de pintores. É claro que nenhum deles era respeitável do ponto de vista do

Thomas, alguns, especialmente o Mac, bebiam um bocado e fumavam maconha — ou haxixe, quando arranjavam — e alguns tomavam LSD. Caramba, todos nós fazíamos isso e Lucy gostava bastante de maconha e de haxixe! Ela não tinha coragem de experimentar nenhuma das drogas boas de verdade. De todo modo, na opinião de Thomas, não eram pessoas que se pudesse convidar para jantar ou para qualquer outra coisa, na companhia dos amigos dele. Então Dick e eu começamos a promover uma festa aberta, em nossa casa, nas noites de quinta-feira. Pois vou lhe dizer uma coisa: todo mundo ia lá. Ficava tão entupido que as pessoas chegavam a fazer fila na escada do prédio. Claro, eu tinha feito um convite permanente para a Lucy e o Thomas. Ela vinha constantemente e por um tempo o Thomas também aparecia, porque admitia que eram acontecimentos, eventos sociais mencionados nas colunas de fofocas e tudo o mais. Lucy se saía muito bem naquele ambiente, assim como havia acontecido em Paris, mas Thomas tinha um jeito de criar um vazio à sua volta. Ele não se mostrava ríspido — apenas indiferente e veladamente hostil. Não é preciso ter uma pele especialmente fina para sentir que ele estava constrangido ali, que gostaria de estar em outro lugar, que seguramente preferia estar conversando com outras pessoas e, acima de tudo, que ele desaprovava tudo aquilo. Os dois devem ter discutido sobre a forma como Thomas se mostrava hostil às pessoas em nossas festas, porque depois de um tempo Lucy passou a ir sempre sozinha. O fato é que Thomas não apareceu mais. Então Lucy se encontrava com Penny, Mac e alguns outros em bares ou na casa de Penny e eles bebiam e se drogavam juntos, mas a ideia de Lucy criar mais ou menos o tipo de salão que ela promovia em Paris estava fora de questão. Não com o gélido Thomas, cujo sobrenome, Snow, ou seja, neve, era mais do que adequado! A propósito, há todo um outro capítulo que precisa ser escrito. Numa época em que todos nós, inclusive Lucy, dávamos o braço uns aos outros e saíamos em passeatas contra a guerra, Thomas era a favor do Lyndon B. Johnson. Achava que era um ótimo presidente! Achava que estávamos no Vietnã para proteger nossos interesses vitais. Claro, ele se retratou muito tempo antes de virem a público os Papéis do Pentágono, mas mesmo assim ele continuou muito malvisto.

Você não gostava mesmo nem um pouco dele, arrisquei-me a dizer. Lucy casou com Charles Bovary! É isso que você está querendo me dizer? Por que não diz logo de forma explícita?

Nem de longe, respondeu Bill, embora a gente possa aprender muito mais com os romances do que com a vida. Eu gostava dele sim e, entre todas as pessoas de Paris que reencontramos em Nova York naquela época, eu era a única que ele parecia aceitar e aprovar. Não unicamente por causa do meu charme, creio. Minha modesta celebridade tinha seu peso. Os amigos dele liam as resenhas dos livros, alguns até conheciam meus livros, logo eu era uma espécie de boêmio que podia ser convidado para ir à casa deles. Não, não havia nada de errado no Thomas, se você o tomasse em seus próprios termos, como um banqueiro de investimentos muito inteligente, muito ambicioso, fadado ao sucesso e de ótimo aspecto, com maneiras excelentes, muito bem aprendidas. Não creio que elas tenham vindo do coração. Charles Bovary? Certamente não. Thomas não era um palerma desajeitado; era um homem muito consciente e aposto qualquer coisa como nada do que eu disse a você sobre o efeito que ele produzia nos amigos de Lucy representaria uma surpresa para ele mesmo. Com toda a certeza, Thomas não fez cirurgias desastradas nos pés defeituosos de ninguém. Falando metaforicamente, é claro. Na verdade, até onde sei, a única coisa realmente burra que fez foi casar com a srta. De Bourgh.

Teria Bill aprofundado meu conhecimento de Lucy? Achei

que provavelmente sim, fazendo-me visualizar um aspecto da vida dela com Thomas que eu ignorava por completo. Ele tinha razão em não encarar o Thomas como uma espécie de Charles Bovary — disso tenho certeza — e Lucy, com sua inteligência, seu alto sentido de casta social e, sejamos francos, seu dinheiro, estava infinitamente distante da tola beldade de província que havia lido romances demais. Porém eu não tinha feito muito progresso no meu esforço para entender Thomas de maneira mais clara. Exceto por uma ideia que estava tomando forma em minha mente: que não havia nenhum mistério; ele era pura e simplesmente aquilo que parecia ser, um belo exemplar do sonho americano tornado realidade. Trabalhe duro e terá sucesso! E Thomas contara com todo o equipamento necessário: inteligência elevada e boa aparência. Havia também o fato de ele ter conseguido fazer feliz uma garota como a Jane, linda e esperta como o diabo. Não era uma referência ruim, pois Jane parecia ter sido feliz com seu marido advogado, Horace, até ele atravessar a linha vermelha para ela, e o fato de estar feliz, segundo ela mesma reconhecia, com seu atual marido banqueiro, Ned, não diminuía a relevância ou o peso daquilo. Deixando de lado os pecadilhos de Horace, os três correspondiam a um tipo que Jane achava aceitável. Jane não era romântica; era uma mulher americana moderna que tinha muita clareza sobre aquilo que desejava.

11.

Alguns dias depois de Bill voltar para Lenox, chegou à minha casa em Sharon um envelope da FedEx endereçado para mim, um fato fora do comum, a menos que eu estivesse trabalhando num livro com um atípico editor que não era tão sovina a ponto de preferir usar aquele serviço. Dentro do envelope, para minha grande surpresa, achei uma longa carta de Jamie. Escrevia que tivera a intenção de me visitar em Nova York e depois, quando soube por Jane que eu tinha ido para o campo passar o resto do verão, resolveu pedir para me visitar em Sharon, mas que seus planos para viajar para a Costa Leste foram frustrados por causa da gravidez de Stella — era o nome de sua esposa. Como já tivera dois abortos sucessivos no final da gravidez, ela estava compreensivelmente nervosa com a perspectiva de Jamie ficar longe. O bebê só devia nascer em novembro; sem dúvida seria difícil viajar pouco depois do nascimento da criança e Jamie não queria adiar o contato comigo até o Ano-Novo. A seguir vinha uma digressão, que achei muito comovente, sobre antigas recordações: as ocasionais fugidas de fim de semana comigo e com seu pai ao P. J. Clarke's e os cheeseburgers que ainda lhe davam água na boca, os livros de quadrinhos de Tintim e Asterix que eu lhe trazia de Paris, a vez em que seu pai e ele passaram uma semana com tia Bella — uma forma de tratamento que invariavelmente traz lágrimas aos meus olhos — e comigo, na casa que tínhamos em Île de Ré e a diversão que era sairmos em meu barco a vela. Jamie esperava que eu o deixasse mostrar para mim um pouco de seus trabalhos recentes, inclusive a adaptação que havia terminado de um romance de Jack London, um roteiro que de fato parecia ter grandes chances de ser produzido.

Então ele entrou de fato no assunto. Tinha sabido por Jane que eu havia conversado com ela e com Lucy sobre seu pai e, assim como todo mundo ligado ao "caso" de Lucy e de seu pai, Jamie queria que seu testemunho também entrasse nos autos. Uma parte do que ele escrevia, eu já sabia. O relato em primeira mão do efeito do rompimento sobre Jamie era novidade e me causou profunda emoção:

> Papai foi embora bruscamente e mamãe ficou alucinada. Fez um drinque para si mesma, pôs para tocar o disco de quarenta e cinco rotações com sua canção preferida de Piaf, "Rien de rien, non, je ne regrette rien de rien", e tocou a música muitas vezes seguidas. Dançava ao som do disco, o copo de bebida na mão. Então de repente chegou o verão e sem dúvida foi o pior verão de minha vida. Mamãe e papai não tinham combinado nada antes de ele ir embora, coisas como quando eu podia vê-lo, o que ia acontecer durante as férias e outras coisas desse tipo, e os dois estavam mesmo furiosos um com o outro, completamente incapazes de se comunicar. Logo depois da formatura, o sr. Cowles, o professor de St. Bernard's que me dava aulas particulares, e eu fomos para Little Compton. A sra. Smith, a cozinheira, foi conosco para cuidar da casa. Mamãe disse que tinha de ficar na cidade

até seu médico sair de férias, mas ela ia lá de carro nos fins de semana, branca feito papel e azeda feito limão. Aqueles fins de semana não eram nada bons. O sr. Cowles ia embora, assim como a cozinheira, e eu tinha de andar pela casa na ponta dos pés, porque mamãe passava a maior parte do tempo dormindo. Ou então saía e deixava a sra. Ticknor, uma velha caquética de mau hálito, para cuidar de mim, porque ela achava errado não ter um adulto em casa. Não que eu precisasse dela, aos catorze anos de idade, numa comunidade muito segura. De todo modo, embora mamãe não soubesse, a sra. Ticknor atacava com unhas e dentes o armário de bebidas, assim que o carro de mamãe saía pela estrada. Ela havia sido professora de ciências sociais de mamãe ou algo assim; mamãe explicou a mim e ao sr. Cowles que os Ticknor eram uma excelente família de Rhode Island ou Connecticut e que haviam perdido todo o dinheiro que tinham. O sr. Cowles — na verdade, nessa época eu o chamava de Hugh — adorava esse tipo de coisa. No final, acabei dedurando a sra. T. para mamãe. Você pode imaginar a confusão. Depois, quando mamãe voltou para a cidade, a sra. Ticknor chegava perto da casa e me amaldiçoava aos gritos, dizia que ia me botar mau-olhado! Nos dias de semana, de fato corria tudo bem, porque Hugh e eu íamos ao clube jogar tênis de manhã e, de tarde, saíamos para velejar no Mercury que papai me dera por eu ter me formado. Então veio a grande confusão de verdade, quando papai chegou numa terça-feira e me levou para Newport, porque era o aniversário de setenta anos do meu avô Snow. Voltamos no fim da tarde, mas nesse meio-tempo mamãe tinha telefonado e pedido para falar comigo, e Hugh não teve escapatória: contou para ela onde eu estava. Mamãe ficou furiosa e berrou com ele, depois berrou comigo, quando voltamos, e quando papai pegou o telefone ela berrou com ele, até que ele desligou na cara dela. Telefonamos para mamãe quando voltamos, porque ela havia avisado Hugh que ia chamar a polícia se não telefonássemos. Mesmo sem a polícia, a briga judicial começou logo depois. Mamãe tentou obter uma ordem judicial para impedir que papai me visse. Não deu certo. Então papai foi aconselhado a obter uma espécie de mandado judicial que regularizasse seu direito de me ver, mas isso demorou muito tempo na justiça e, antes que a questão fosse resolvida, eu estava em Exeter e longe daquela confusão.

Falei tanto sobre esse breve período a fim de facilitar seu entendimento do alívio enorme e salvador que foi para mim o fim daquele casamento. Desde que me entendo por gente, os dois brigavam. Ou melhor, ela soltava os cachorros para cima dele por causa de qualquer coisa. Qualquer assunto servia. A maneira como dirigia o carro era uma grande questão. Seu saque no tênis — ela achava que ele não mandava a bola alta o bastante e não tinha o tipo certo de terminação, e nisso mamãe tinha razão, mas o que ele podia fazer? Ele não tinha aprendido direito. A maneira como trinchava a carne era de baixa categoria, sobretudo quando era pernil de cordeiro e coxa de peru. Tinha alguma coisa a ver com trinchar contra as fibras ou a favor das fibras, não lembro qual dos dois, e com a maneira como ele segurava o trinchador. Ela dizia para ele observar com atenção como o tio John e o vovô De Bourgh faziam; eles eram incríveis para trinchar carne. Calçar sapato preto de dia. Isso era um verdadeiro sacrilégio. Não importava quantas vezes ele dissesse para ela que aquele era o uniforme usado em Wall Street. Só estou lhe falando sobre as coisas que aconteciam às claras. Outros bate-bocas tinham a ver com o que acontecia dentro do quarto. Qualquer que fosse o motivo, metade do tempo papai tinha de dormir no quarto de hóspedes. Às vezes ela ficava parada na porta do quarto de hóspedes e berrava mais uma porção de coisas. O pior era ficar com os dois em Little Compton. Ela vivia jogando na cara dele que era a casa dela, a mobília dela, a prataria dela, o título do clube dela, os primos dela, os amigos dela. Pior ainda era o estardalhaço que fazia quando papai me levava para Newport a fim de ver seus pais. Francamente, não sei como ele aguentava. O vovô Snow tinha vendido a oficina naquela época, portanto passava a maior parte do tempo fazendo palavras cruzadas e montando quebra-cabeças. Vovó trabalhava como guarda-livros ou gerente de escritório para o novo dono da oficina. Os dois eram pessoas simpáticas, muito sossegadas e de muita dignidade, moravam numa casa bonita, de que eu gostava. Mamãe, é claro, tinha visto a casa, e você devia ver que coisas ela dizia sobre as laterais revestidas de alumínio. Eles tinham gatos malhados, às vezes dois, às vezes três. Vovô sofrera dois pequenos derrames cerebrais, por isso mancava da perna esquerda, mas não havia nada errado com sua fala nem com sua cabeça. Claro, eles nunca iam a Little Compton. Não precisariam ter metade da inteligência que tinham para perceber que mamãe não queria que fossem à sua propriedade. Chega dessa digressão. Não quero falar mal da mamãe, mas acho que agora você compreende que, assim que aquele verão horroroso terminou, para mim foi um alívio não morar sob o mesmo teto com os dois.

No início do segundo ano no colégio, eles tinham feito um acordo de separação e combinado quando eu podia ficar com papai, que era quase metade dos fins de semana em que eu podia sair do colégio e metade das férias de verão. Dia de Ação de Graças, Natal e Páscoa eram sempre da mamãe. Ela dizia que queria que eu passasse esses dias em condições adequadas, ou seja, com ela, o que muitas vezes era um desastre, porque ela não estava passando bem ou tinha feito um plano que tinha dado errado, ou então estava em Bristol com tio John, vovó e vovô De Bourgh, se mamãe não tivesse travado uma de suas constantes batalhas encarniçadas contra eles, depois das quais em geral passavam meses sem que falassem uns com os outros.

Outras partes, achei estranhamente edificantes:

Então papai começou a sair com a Jane, o que foi a melhor coisa que aconteceu com ele e comigo também. Foi durante o inverno anterior à visita que fiz com papai a você e a tia Bella em Île de Ré. Não sei se vocês perceberam que, embora Jane já estivesse divorciada, papai não a levou, porque não queria dar à mamãe um porrete para golpear sua cabeça e, suponho, a minha também, acusando papai de estar me expondo a um comportamento imoral. Eles se casaram no inverno seguinte, mas é claro que, com a exceção daquelas férias, eu via Jane toda vez que via papai. Eu achava que nunca tinha conhecido pessoa tão bonita e tão boa e, depois de um tempo, me dei conta de que na verdade eu tinha ciúmes do papai. Seja lá o que Freud ou Jung tenham a dizer sobre o assunto, acho que meninos mais ou menos estáveis, o que por força de algum milagre eu era, na verdade admitem o fato de que seu pai dorme com sua mãe. É o jeito como as coisas são, é um fato fundamental da vida. Com uma pessoa como Jane, que era bem mais jovem que papai e não tinha filhos, o conhecimento de que ele trepava com ela, palavra que meus amigos e eu parecemos preferir, quando se retiravam para dormir ou tirar um "cochilo" à tarde era algo de fato mais pesado. Não tenho a menor ideia de como teria sido, para podermos ter um bom relacionamento, se Jane não tivesse sido tão boa comigo, não me tivesse feito sentir que eu era tão importante para ela quanto o papai. Isso parece mesmo uma bobagem, mas é a verdade. Suponho que tenha a ver com o fato de ela não poder ter filhos. Só Deus sabe como eles tentaram. Ela não conseguiu engravidar quando casou com aquele palerma, o Horace, mas achava que podia ser culpa dele, e então ela e papai tentaram de tudo, todos os tratamentos de fertilidade possíveis e até inseminação artificial. Não deu certo. Papai sugeriu adotar uma criança, mas Jane disse: Não, eu não preciso, tenho o Jamie. Então tentei ser uma espécie de filho para ela, e eu gostaria de poder lhe oferecer mais — por exemplo, morando na Costa Leste, mas meu trabalho não está lá e eu acho que ela compreende isso.

Em seguida, Jamie passava para o que eu achava que era sua verdadeira mensagem, a verdadeira razão para me escrever a carta:

> Nunca tive nenhuma dúvida de que papai me amava ou sempre me daria apoio. Isso se tornou muito importante algumas vezes, quando me dei mal na escola, quando não tirei o tipo de nota que ele tirava em Harvard, onde alguns professores ainda se lembravam dele, e é claro que foi de importância crucial quando fui para Hollywood e comecei a rotina de propor trabalhos para agentes, sem encontrar um que aceitasse me adotar, ou então quando consegui ter um agente e ir atrás de algum diretor ou produtor que se interessasse. Não estou falando especificamente em me dar dinheiro para viver, sem fazer o menor espalhafato por causa disso. Por que ele não daria dinheiro? Tinha ficado rico e não tentava fazer mistério do assunto. Estou falando do fato de ele gostar do meu trabalho e compreender o que eu fazia. Estou falando de ele fazer um esforço sincero para compreender, o que não era fácil, porque ele nunca via televisão e seu conhecimento de cultura popular era algo abaixo de zero. A coisa maluca é que ele sacava as coisas e fazia comentários e apreciações que muitas vezes estavam bem à frente do que eu obtinha de meus agentes ou de meus amigos. Acho que não preciso lhe dizer que Jane era e é formidável como leitora e conselheira. É uma verdadeira profissional e tem o tipo de solidariedade ou empatia que papai tinha.
>
> Então, quando conheci Stella e mamãe teve uma de suas maiores explosões de raiva, papai se manteve calmo. Ficou assim com

mamãe, que telefonava para ele cinco vezes por dia, dizendo que ele tinha de impedir que eu destruísse minha vida, e também se manteve calmo comigo. Evitava deixar que eu caísse na armadilha de pensar que, se mamãe achava que eu devia ficar longe de Stella, aquilo representava um imperativo que queria dizer que eu tinha de casar com ela *ahora mismo*. Você pode também perguntar o que havia de tão terrível e ultrajante em Stella, ou talvez você ache que não precisa perguntar, porque tenho certeza de que mamãe lhe falou a respeito da chicana. Mas há mais coisas aí além de ela ser descendente de mexicanos ou de seus pais terem plantado alface em Salinas ou de Stella ser a primeira pessoa na família a estudar numa universidade. (A propósito, ela é mestre em matemática e professora no ensino médio.) Ser a primeira pessoa na família a estudar no ensino médio ou na universidade se transformou numa piada americana; não consigo acreditar que nem mesmo a mamãe fosse sair por aí dizendo aos amigos Ah, meu Deus, os pais da minha nora só estudaram até o fim do ensino fundamental ou algo assim. Não, os três maiores problemas são que Stella não é muito branca (cor de peão, é como mamãe chama), que os pais dela têm mais seis filhos, o que significa que, ao me casar, eu estava me unindo a uma tribo inteira de peões, e por último que não apenas os pais de Stella não têm nenhuma instrução como também carecem de energia empreendedora. Em vez de serem donos de alguma mercearia ou de um equivalente funcional na época em que conheci Stella, eram donos de uma barraquinha que vendia tacos! A propósito, continuam com a mesma barraquinha e fazem uns tacos muito ruins. Ah, e eu já ia esquecendo: os avós, os velhos García, ainda estavam vivos! Três quartos desse problema foram resolvidos. O avô materno de Stella morreu; os avós paternos também morreram; a avó mora com os pais de Stella. Agora, por que estou contando tudo isso para você? Não é para atacar a mamãe. Sendo quem é, com sua obsessão com a árvore genealógica da família De Bourgh e Goddard e com a história de Rhode Island, seria difícil imaginá-la dizendo: Que beleza, meu filho único está trazendo diversidade para a família. Ela já havia feito isso ao casar com o papai! É para oferecer um contraste. Papai, como você talvez tenha percebido, a despeito de todas as suas sinceras opiniões progressistas, liberais de centro-esquerda, chame como quiser, era também, à sua maneira muito mais discreta, um esnobe pior do que a mamãe. Por razões óbvias, ele media a distância que havia percorrido desde a oficina de carros e, na verdade, não gostava de me ver "jogando tudo fora". Ele não me falava assim, mas eu podia perceber que era isso. E havia mais um problema, no que dizia respeito a ele — mamãe também tinha isso, mas num grau muito menor, e francamente não sei se ela chegou a notar: era a questão do dinheiro. Ele e eu não falávamos de dinheiro. Ele apenas me dava, em geral sem eu ter de pedir. Mas quando eu lhe disse que minhas intenções com Stella eram mais sérias, ele me disse, entre muitas coisas muito doces, que ele tinha certeza de que eu compreendia que, depois que ele morresse, eu ia ser rico, não, acho que na verdade ele disse uma pessoa muito bem de vida, e que eu devia ter certeza de que o dinheiro que eu ia herdar não ia desvirtuar minhas relações com a família de Stella. "Desvirtuar" foi a palavra. Ele disse que eu tinha de tomar cuidado para não virar o cofre porquinho da família García. Portanto, o que quero dizer é que, no final das contas, papai pôde ver que eu amava Stella profundamente e ele a observou o suficiente para constatar que ela me amava de forma sincera e, uma vez definido isso, ele deixou de lado seus preconceitos e seu orgulho e resolveu ser de fato simpático. A propósito, ele conseguiu fazer isso, assim como a Jane, que no início também não achou muita graça na história. E foi assim porque eles punham a mim e a meus sentimentos em primeiro lugar e também porque podiam olhar para o futuro e ver que, se estragassem minha relação com Stella, estragariam também sua relação comigo.

Por outro lado, mamãe só conseguia enxergar os próprios sentimentos, sobretudo seu orgulho, e não conseguia ver o futuro. E aqui há outra coisa digna de nota. A maneira como ela agia estava em contradição com ela mesma. Como conheceu mamãe por muitos anos, você deve saber que era uma romântica anticonvencional, uma rebelde eventual e má menina, ao passo que o papai, quando a gente para e observa melhor, sempre foi o suprassumo da caretice, que mantinha o nariz sempre limpo, e não queria saber de boêmios, excêntricos, porra-loucas e companhia.

Li a carta de Jamie duas vezes, de ponta a ponta, refazendo o percurso todo por exatamente vinte minutos, e depois fui de carro para Salisbury a fim de comer um cheeseburger com batatas fritas, seguidos por uma torta de amora *à la mode* e café. Era uma quantidade maior de comida não saudável do que eu em geral me permitia comer numa semana, mas alguma coisa dentro de mim dizia: Que diabo, coma o que quiser, peça mais uma dose de batatas fritas e, se quiser fumar, fume, compre um maço de Marlboro na lanchonete. O cabeçalho do papel de carta que Jamie usou tinha um número de telefone junto com o endereço. Liguei para ele quando voltei para casa, calculando que ao meio-dia, no horário dele, eu teria uma boa chance de pegá-lo no trabalho. Na verdade, tratava-se do telefone de sua casa; uma mulher simpática e agradável atendeu, identificando-se como Stella. Disse que sabia exatamente quem eu era, que Jamie ficaria muito contente de falar comigo pelo telefone celular. Estava no trabalho, mas ela não tinha dúvida de que eu não ia incomodar. Jamie atendeu logo ao primeiro toque e, assim que atendeu, ela desligou.

Jamie, falei, você me mandou uma carta maravilhosa. Espero que seu pai tenha percebido como você o amava e como o compreendia bem.

Ele fez um barulho semelhante a grunhido. Tomei aquilo por um substituto de sim, e mais uma vez Jamie me disse que gostaria muito de se encontrar comigo. Respondi que se ele me dissesse qual o dia conveniente para uma visita a ele e a Stella, se antes ou depois do nascimento do bebê, eu teria todo o prazer em viajar. Veio outro grunhido de concordância, depois do que perguntei como ele andava se entendendo com Lucy no presente.

Ah, bem, respondeu, ela diminuiu o fogo das caldeiras. Na verdade, ela disse que gostaria de vir aqui logo que o bebê nascesse. Acho que está pensando no Natal. Para nós, tudo bem, contanto que ela compreenda que a ceia de Natal será com o clã García. Nossa casa é grande o suficiente. Os outros não têm espaço em casa. Ainda não apresentei essa questão para mamãe, mas farei isso antes que ela se enrole toda em seus planos. Vamos ver. O problema número um com as visitas de mamãe é que ela não fica em nossa casa. Stella acha que ela devia ficar, mas eu conheço bem a mamãe. Ia acabar mal. Existem alguns hotéis muito bons aqui pertinho da gente, e é de imaginar que, na verdade, ela prefira se hospedar num deles; em troca, ela reclama um bocado dos preços, dizendo que não tem condições de pagar. Dessa vez, se ela vier mesmo, eu vou pagar o hotel e também o aluguel de um carro e dizer que esse é meu presente de Natal para ela. Ponto. Então, se ela preferir não vir à ceia de Natal conosco e com os García, ela pode comer no hotel mesmo. Naturalmente eu espero, mais que tudo no mundo, que a situação não chegue a esse ponto.

Boa sorte!, falei, e acrescentei que eu tinha mais uma pergunta. Se ele sabia o motivo por que Thomas deixou Lucy — e a ele também — naquele momento específico.

Jamie riu. Existem duas versões, respondeu. A de mamãe e

a de papai. A versão da mamãe, que ela me repetiu durante anos, é que descobriu que ele a estava traindo com a Jane, e quando ela cobrou explicações do papai, ele teve um de seus ataques de raiva, tentou matá-la e foi embora de casa. Nunca acreditei nisso, porque calhou de eu estar presente quando papai e Jane começaram a sair juntos, e isso só aconteceu mais de um ano depois de ele sair de casa. Eu dizia isso para mamãe, mas era como se ela não entendesse inglês. A propósito, eu nunca presenciei nenhum desses tais ataques de raiva. Também fazem parte do mito fundador de mamãe. Papai me explicou seus motivos quando eu já estava na faculdade, passava por momentos difíceis e fazia terapia. A terapeuta me fazia prestar atenção na maneira como o sentimento que tive ao ser abandonado por papai estava ligado a alguns de meus problemas. Então perguntei para o papai por que ele foi embora de casa naquele momento específico, e de forma tão brutal, sem amortecer o golpe que me atingiu, sem fazer preparativos que teriam me poupado daquele verão horrível. "Brutal" foi a palavra que usei. Como pode imaginar, foi uma conversa dolorosa para nós dois. Ele disse que foi informado, naquele mesmo dia, de que mamãe tinha um caso com alguém que já havia aparecido anteriormente e que o sentimento de traição e de humilhação foi tão forte que ele se sentiu compelido a agir. Meu arrependimento por ter agido assim nunca cessou, acrescentou ele. Sim, eu tinha de ir embora, não, não havia alternativa, mas eu devia ter procedido de forma diferente, devia ter tentado causar menos mal. O engraçado é que mais tarde eu soube quem era o tal cara. Depois que papai foi embora, de vez em quando ele aparecia e telefonava. Tinha um sotaque bonito e inconfundível e, quando eu atendia o telefone, ele só dizia o prenome e pedia para falar com mamãe. Depois que conversavam — ela me fazia sair da sala —, mamãe me dizia: Tenho de sair. Então ela sumia à tarde ou à noite, se ele telefonasse quando eu estava na cidade num feriado qualquer, ou se estivéssemos em Little Compton, ela diria: Vou para a cidade, aconteceu uma coisa. Não vou lhe dizer o nome dele, acrescentou Jamie. Não adianta nada. Por um momento, ficou calado.

Então voltou a falar: Olhe, nada disso tem mais importância. Foi a única vez que ele me magoou, me magoou de verdade, e como posso saber se uma saída gradual, com todas as brigas e recriminações que com certeza teriam ocorrido, era uma solução melhor? E a mamãe? Não a condeno por ter tido um caso ou quantos casos foram. Ela estava em busca de alguma coisa que não conseguia encontrar no papai. Ser um bom sujeito e ter todas aquelas qualidades não serviam de substituto. Mamãe era muito infeliz. A questão real é que os dois nunca deveriam ter casado. Nunca deveriam ter tido um filho.

Que absurdo, falei. Você se saiu esplendidamente. Seu pai sabia disso. Espero que os olhos de sua mãe se abram. Talvez aconteça isso, se você levar em frente seu plano do Natal.

Penso sempre em Bella, não como aquele personagem no grande romance de Proust que pensa muitas vezes na esposa falecida, mas apenas por uns breves momentos de cada vez. A presença de Bella é real, quase tangível. A tristeza por ela estar com sua família no cemitério de Montparnasse e não na encosta de minha propriedade, em Sharon, onde espero que Josiah enterre minhas cinzas, vem e vai, em ondas. Entendo que isso é infantil e sentimental. Bella não pode saber nem se importar com o lugar que escolhi para seu repouso, lugar, que isso fique claro, que ela mesma escolheu. Nem ela nem eu saberemos ou nos importaremos com a solidão eterna de meus ossos. Portanto, na realidade, deve ser porque me entristece saber que, com minha morte, virá a extinção da memória da felicidade que compartilhamos. Nossa felicidade que, agora que ela morreu, se tornou inalterável, uma perda que não pode ser compensada por nenhuma esperança, como a que talvez tenha servido de consolo para Proust, de que nossos livros ainda serão expostos por algum tempo em vitrines de livrarias e nas estantes das bibliotecas. As brigas e as recriminações de que Jamie falou? Elas eram tão alheias a mim como são os costumes das tribos mais isoladas da Amazônia que Lévi-Strauss catalogou em *Tristes trópicos*. Bella e eu nunca brigamos. Às vezes me via atormentado pela compreensão de que havia agido de maneira tola ou que ela havia entendido mal minhas ações e meus motivos, ou que ela ou eu poderíamos ter sido menos intransigentes em nossa reação a esta ou àquela contingência, mas aprendemos a recuperar rapidamente nossa serenidade, e não restava nenhum resíduo de amargura, pelo menos não em mim. Os deuses se apoderaram de nossa pequena Agnes e a aniquilaram. Será que foi o preço que pagamos pela bênção que eles nos deram?

Eu estava lendo no *New York Times* a notícia da bomba que tinha explodido perto do santuário de Xia em Najaf, o principal santuário dos xiitas iraquianos. O número de mortos era cerca de cem, entre eles um aiatolá que se opunha a Saddam havia muitos anos e que ajudava a angariar apoio para os americanos. Os danos ao prédio, propriamente dito, pareciam ter sido consideráveis. O telefone tocou, me dando um susto: quase todo mundo que eu conhecia havia abandonado o telefone em favor do e-mail. Era Lucy. Estava em Little Compton, entediada e muito aborrecida. Seus primos Goddard não a haviam convidado para seu piquenique do Dia do Trabalho. Ela estava soltando fumaça pelas ventas por causa daquilo e queria saber se não devia dar uma fugida até Nova York, para não se sentir totalmente arrasada, e então pensou em mim. Estava muito em cima da hora, mas será que eu não podia recebê-la em casa para passar o fim de semana do Dia do Trabalho? Ela chegaria no dia seguinte. Não precisa ficar preocupado, acrescentou. Irei embora na terça-feira. Vamos nos divertir, como nos velhos tempos.

Parecia a velha Lucy: alegre, falante e levemente turbulenta. Respondi que era claro que eu adoraria recebê-la, mas ela devia ter em mente que eu não tinha nenhuma vida social para servir de assunto às nossas conversas e, embora minha televisão estivesse funcionando na última vez que a ligara, eu não tinha outras formas de entretenimento para oferecer.

Vou chegar aí a tempo de tomar uns drinques, respondeu, e me pediu o endereço exato.

Depois que chegou, foi uma bem-vinda surpresa observar como Lucy parecia diferente da mulher cujas recordações e comentários agressivos eu tinha ouvido durante nossas conversas em maio e em junho. O tom ameaçador e acusatório tinha desaparecido; ela contava piadas sobre as estripulias de verão no clube em Little Compton; a angustiante visita no Quatro de Julho ao seu irmão John no Ausable Club; o fato de Priscilla van Buren fingir que não a conhecia, na festinha de noivado dos Vanderbilt, em Newport. A aparência de Lucy também havia melhorado. Seria a combinação do bronzeado de sol e um novo batom cor-de-rosa? Eu não conseguia entender, mas ela parecia mais jovem e menos dura, confirmando a memória que eu havia preservado dela, dos anos 1950 em Paris. Para imitar seu cardápio, servi galinha frita fria, comprada no supermercado naquela tarde, salada de tomate, um queijo que por acaso eu tinha na geladeira e melão. Ela comeu com alegria, bebeu quase uma garrafa inteira de vinho, recusou minha sugestão de tomar café, e seguiu trôpega para a cama. Avisei que, durante o dia, eu ficaria trabalhando, que o almoço seria apenas sardinha ou atum em lata e que, até chegar a hora dos drinques, ela teria de se virar sozinha. Não tem problema, respondeu.

Jamais consegui me concentrar exclusivamente num texto. Durante os numerosos minutos que consumi tentando me esquivar do trabalho, não pude deixar de perceber, com prazer, que ela havia passado um bom punhado de horas na piscina — nadando para um lado e para o outro, ela me contou mais tarde, e em seguida pegando sol — e que depois bateu na minha porta e perguntou se eu me importava que ela tirasse as ervas daninhas e as hastes mortas dos canteiros de flores, atividade em que consumiu a maior parte da tarde. Tarefa de Bella, pensei. Que coisa discrepante que logo aquela mulher se incumbisse dessa atividade. Discrepante e normal: me dei conta de que era o que qualquer mulher habituada a ter um jardim e a trabalhar nele faria, se ficasse à vontade para fazer o que gosta e visse o estado de orfandade dos canteiros e flores.

Inseguro com a possibilidade de a visita se tornar complicada mais tarde e acreditando piamente na influência moderadora que teriam sobre Lucy alguns estranhos a quem ela talvez gostasse de causar boa impressão, telefonei, assim que ela anunciou sua chegada, para meu antigo inquilino, Peter Drummond, professor em Bard, e convidei a ele e seu parceiro para jantar. Não tinham compromisso naquele horário. Por milagre, a sra. James também podia vir e, para tornar o mais fácil possível a vida dela e a minha, pedi que trouxesse um jantar frio completo, que ela prepararia em casa. A experiência me havia ensinado que ela preferia isso a cozinhar na minha cozinha e sofrer minha interferência. Ela sugeriu carne de porco assada, salada de massa, salada verde e uma das tortas de fruta de sua filha. Foi o que jantamos.

A desenvoltura social de Lucy, que ela havia posto em prática com ótimos resultados quando oferecia seus pequenos jantares em Paris, não a havia abandonado. Fez o Peter falar extensamente sobre seu trabalho. Ele nos contou que tinha escrito sua tese de doutoramento sobre a tradição nativista americana do século XIX e estava pesquisando os cristãos fundamentalistas contemporâneos e sua transformação num movimento de extrema direita.

Essa discussão, acompanhada pelas obrigatórias lamentações sobre George W. e suas guerras mal administradas, nos levou até a torta de pêssego. Quando estávamos tomando café na sala, Lucy voltou a atenção para o companheiro de Peter, Ezra. Ela abriu meu piano, tocou uma escala, fez uma careta e perguntou se o Ezra se importava de tocar uma de suas composições num instrumento desafinado. É tudo dissonância mesmo, respondeu Ezra. Vamos tentar.

Eu não esperava mesmo ver Lucy no café da manhã no dia seguinte. Já era tarde quando nos demos boa-noite e, mais uma vez, uma quantidade demasiada de vinho foi bebida, seguida, no caso de Lucy, por um drinque final, ou talvez até dois. Na verdade, ela pôs a cabeça na porta do meu escritório pouco antes do almoço e disse que ia para a piscina, recuperar-se dos excessos da noite anterior. Disse para Lucy nadar ou tomar sol por quanto tempo quisesse e me avisasse quando tivesse terminado. Almoçamos também mais tarde do que o normal. Eu tinha trabalhado mais do que o suficiente no decorrer da longa sessão matinal e, quando ela perguntou se eu me importaria de tomar café no jardim depois do almoço, concordei com satisfação. Sentamos nas cadeiras de madeira no gramado dos fundos, onde a sombra já estava densa. Lucy fumava. Quando me ofereceu um cigarro, aceitei, atento ao conselho para relaxar que eu dera a mim mesmo.

Você tem uma casa bonita, disse ela, e uma vida agradável. Gosto do jeito como você organiza as coisas. Esse é um Philip novo, muito domesticado.

Respondi que na realidade eu estava apenas continuando o que já existia antes, fazendo as coisas em Sharon o mais parecido possível da maneira como Bella fazia.

Obviamente, ela foi uma boa professora. Eu gostaria de ter conhecido Bella melhor.

Fiz que sim com a cabeça. Não tinha nenhum sentido lembrar a Lucy que, na época, as duas eram como água e azeite.

Fiquei espantando quando, em seguida, ela perguntou se meus livros vendiam bem. Quer dizer, acrescentou Lucy, eu não os vejo nas listas de livros mais vendidos. É claro, sei dos prêmios e das homenagens.

Depende do ponto de vista, respondi. Meus primeiros livros venderam mais. Eu tinha um público mais numeroso. Tinha mais apelo para os jovens. As vendas ainda são consideráveis nos Estados Unidos. Às vezes eles vendem até melhor no exterior. Digamos que eu não estou insatisfeito ou constrangido, por outro lado meus editores não ficariam desesperados nem achariam que o mundo acabou caso ficasse óbvio que eu nunca mais ia apresentar um romance novo. O dinheiro que ganham comigo não é tanto que isso os deixe preocupados.

É exatamente o que eu imaginava, disse Lucy, embora eu tenha gostado muito de alguns de seus livros. Alguns eu li até mais de uma vez. Sabe, *Os monstros felizes*. Nesse, você acertou em cheio. Acertou em cheio na família De Bourgh!

Ela se referia a meu romance de maturidade, no qual eu havia explorado o tema de minha própria família, situando o enredo em Salem, onde meus ancestrais moraram desde uma época anterior à caça às bruxas.

Dei uma boa olhada pela casa, prosseguiu Lucy, e tive a impressão — espero que você não se importe que eu diga — de que seria bom gastar um pouco mais de dinheiro nela. Sabe, a cozinha podia ser modernizada; você podia ter máquinas mais silenciosas e eficientes. O mesmo vale para o filtro e o aquecedor da piscina. Se fosse você, eu substituiria. O aquecedor a gás propano que instalei em Little Compton é completamente silencioso. É um grande alívio! Mas suponho que você esteja sendo cauteloso.

Em parte é isso mesmo, respondi. Existe também a questão da idade. Por quanto tempo mais vou viver? Faz algum sentido eu me dar de presente uma dessas máquinas alemãs de lavar pratos que também podem lavar janelas e limpar meu carro?

Philip, disse ela, posso chegar mais perto de você?

Em vez disso, me levantei e aproximei minha cadeira.

A verdade, prosseguiu ela, é que embora eu me queixe de como primeiro o papai e depois o John trucidaram a fortuna de nossa família, ainda sou bastante rica. Mais rica do que você imagina. E na verdade não sou uma vadia. Contei tanta coisa para você sobre mim mesma que deve estar pensando que sou uma vadia, mas não é verdade. Agora estou em boa forma — na cabeça e no resto do corpo. Eu podia dar a você uma vida boa — inclusive sexo. Então, o que diz, velho amigo?

Olhei para ela. Como tinha dito, ela estava em boa forma e era possível imaginar que eu teria muito prazer com ela. Era uma pena. Sorri para Lucy da maneira mais gentil de que fui capaz e balancei a cabeça, negando.

ESTA OBRA FOI COMPOSTA PELO GRUPO DE CRIAÇÃO EM ELECTRA E
IMPRESSA PELA PROL EDITORA GRÁFICA EM OFSETE SOBRE PAPEL PÓLEN SOFT
DA SUZANO PAPEL E CELULOSE PARA A EDITORA SCHWARCZ
EM FEVEREIRO DE 2016